collection

挚情 真知 雅意

名家作品中学生典藏版

STUDENT EDITION

LU YE collection

名家作品

路也，济南大学文学院教授。现主要从事诗歌创作和散文随笔创作，兼及创意写作、出版、中西诗歌比较等方向的研究。已出版诗集、散文随笔集、中短篇小说集、长篇小说、文学评论集等共三十余部。近年的主要著作有诗集《天空下》《大雪封门》《泉边》、散文随笔集《飞机拉线》《写在诗页空白处》《蔚然笔记》、长篇小说《午后的空旷》、评论集《无题、断章与梦境》等。获过华文青年诗人奖、诗探索奖杰出成就奖、人民文学奖、丁玲文学奖、鲁迅文学奖等奖项。

典藏

种玫瑰的人

中学生典藏版

C 路也 著

山西出版传媒集团 山西教育出版社

图书在版编目（CIP）数据

种玫瑰的人 / 路也著. — 太原 ：山西教育出版社，2024. 6. —（名家作品中学生 ：典藏版）. — ISBN 978-7-5703-4096-5

Ⅰ. I217.2

中国国家版本馆 CIP 数据核字第 2024326EF5 号

种玫瑰的人

责任编辑　刘晓露
复　　审　郭志强
终　　审　康　健
装帧设计　薛　菲
封面绘画　赵美燕
内文插图　路画萌
印装监制　蔡　洁

出版发行　山西出版传媒集团 · 山西教育出版社
（太原市水西门街馒头巷 7 号　电话：0351-4729801　邮编：030002）
印　　装　山西人民印刷有限责任公司

开　　本　889×1194　1/32
印　　张　8.25
字　　数　158 千字
版　　次　2024 年 10 月第 1 版　2024 年 10 月山西第 1 次印刷
书　　号　ISBN　978-7-5703-4096-5
定　　价　39.00 元

荒野、园圃、童年及阅读

（代序）

路也

1

我喜欢荒野。荒野是大自然中最原始的部分，具有不依赖于人类而存在的独立的审美价值，最具有繁殖力和生长力，代表了原创的力量，是对一切模板和平均主义的反拨。荒野的存在，可以惊醒人类在现代物质世界中日趋麻木和懒惰的神经，同时还可以与人类中心主义相抗衡。当然，在所有大自然元素之中，荒野还是最具有神性的，能唤醒人身上沉睡的宗教感。

我喜欢一个人去寻找艺术家的墓地。与大自然融为一体的墓地，尤其是荒野中的墓地，特别会吸引我的注意力，而大多数人会觉得墓地是不洁净的或者恐怖的。看来寻访墓地这件事，我只能一个人去了，很难找到有相同癖好的人。

我喜欢荒凉、空旷和辽阔，喜欢那种能一下子望见地平线的地理场景。我在很多诗歌里写到的大自然，基本上都不同程度地涉及荒野……在这些诗歌里，偶尔也有荒野与田园并存的情形，但真正打动我的还是荒野。在我看来，没有比美国大峡谷和中国河西走廊那样的景观更能震撼灵魂的了。热爱荒野，这可能出自天性，也可能跟幼年的某种成长经验有关，其中缘由，我自己也说不清楚。

另外，大自然中的植物和动物，我都关注。相比较而言，我其实更关注植物，而在植物里面，我当然更关注那些在野地里自生自灭的植物，而不是人工种植在苗圃里的。从我的诗歌中，可以看出我是一个“植物癖”，里面经常出现植物名称。我写过一本有关中国古代诗人与植物主题的“轻学术”类书，特别想表达出诗人笔下植物与诗人命运之间的关联。这本书中的最生动部分，是诗人如何在漂泊中、贬谪中、逃难中、远游中或戍边中与植物结缘，这可能确实与我个人的审美偏好有关，偏爱荒野，甚至延伸至偏爱“人生的荒野”和“命运的荒野”。在一切事物上都寻找一种“荒野感”，这种荒野感，或许在很大程度上包含了“自由”之意，当然，“荒野感”比“自由”更生猛。

2

对于我来说，久居城市，在实在找不到荒野的时候，也可以退而求其次地喜欢一小块园圃，甚至一棵树一片草丛也可以代表大自然。

我有一个好朋友兼同事，她在居民区一楼小院种植着园圃，我常去。我还以她家的园圃为背景写了好几首诗呢，我把她种的那些蔬菜花草以及附近小动物全都写到我的诗里去了。那园圃就像一个微缩版的伊甸园，给了我灵感。比如，我在一首诗里涉及她种的小葱、韭菜、土豆、龙葵、黄瓜、西红柿、芍药、无花果、石榴、向日葵、山楂树，当然我还指出那个朋友忘了种芹菜；我又在另一首诗里涉及她园子里的黄瓜、西红柿、茄子、鹅绒藤、栀子、茉莉；同样，我还在这些诗中涉及一些小型动物，像黄鹂鸟、瓢虫、蜜蜂、猫什么的；在她家那个以蔷薇为篱笆围挡起来的园圃的里里外外，流窜着一群由猫妈妈带队的流浪猫，它们启发我写出一首关于母亲节的诗。

嗯，我自己当然没有耐心营造一个园子，但我可以写别人的园子。我太懒，想不起来给盆栽浇水，连家中凉台上的仙人掌都给旱死了，我自己吃饭也是饱一顿饥一顿的，而且见了小动物就产生一种在心理学上称之为“可爱侵略”的强烈冲动，哪敢养小猫小狗啊——我不养小动物，已经是在保护动物了。

3

济南南部山区，这个叫法，完全是为了照顾行政区划。济南南部山区，其实就是泰山后山，确切地说，就是泰山北坡。南部山区的仲宫镇是我母系的故乡。我父亲是外地人，大学毕业时由于不小心跟人交换了报到证而来到仲宫镇的一所中学教书。我母亲是仲宫本地人，起初在仲宫镇的政府部门工作，后来又去了工厂……后来我出生，妹妹弟弟出生，在我长到将近十岁时，父母调动工作，全家迁移，去了东部的一家特大型中央直属企业，父母都在企业所属的教育机构——职工大学或者职业学院——工作。这样的成长环境，导致了我从小到大都感觉自己既不属于城市也不属于乡村，若说属于学校或企业吧，好像也不准确。

我其实一直没有真正的“故乡”意识。说起故乡，我就会想起儿时的仲宫镇。其实那里没有属于我们的一寸土地，曾经住过的公家的房子早已拆除了，至于我在婴幼年时住过的乡下姥姥姥爷家的老院子，后来也废弃了，关键是那里一个亲人也没有了。还有一个事情，我父系家族和母系家族全都人丁不够兴旺，不多的亲戚也早就不来往了。不知是否跟这些因素有关，我这个人完全没有家族观念，我对一切写家族的文学作品无感，但这并不妨碍我去“寻根”。我说的“寻根”，可以跟家族没有任何关系，而只是个人成长意义上的某种精神溯源。

还有一点，相比之下，我一直以来更亲近母系血缘，天生如此，无须理由……我一度认为所有成为作家的人，都必须有一个住在姥姥家的童年，像鲁迅那样。

我可能很需要一份童年备忘录。我后来总是独自到济南南部山区行走，并用诗歌或者散文体小说的形式来写童年，我写的基本上都是我童年熟悉的地理环境，带着中年的内心冲突去回访童年，既像是一种复习也像是重新认识，既是向大自然致敬，同时也是向童年致敬。

我在济南南部山区从五岁到十岁之间的记忆，非常珍贵。我的十岁之前的时间和空间，是相对独立存在的，像一个包裹，留存在那里，等在那里，等我中年之后，去拆解它——那个包裹里面有生命的谜底。

4

我在三十七八岁的时候，定下了一个近乎恐怖的计划，要求自己不遗余力地阅读完古今中外一切人文社科经典著作。

于是，我开始了饕餮式的阅读，日以继夜，夜以继日。

起初，我以西方的文学、哲学、宗教类书籍为阅读核心。我对20世纪以来的西方现代派作家尤其是诗人一直感兴趣，如果这个诗人是以英文写作的，我可以找到其所有作品的汉语版和英文版来读，并配以观看相关的传记电影和纪录片。当然，与此同时，有相当长一段时间，我还迷恋着康德，都感到自己快要改行去研究西方哲学了。再到后来嘛，我又对中国古典文学进行了强度极高的突击阅读，为了解一个古代诗人，要求自己去读与其相关的全部文字：诗词、散文、奏章、书信、祭文、手札、年表、后世评论及传记……

家里的书多到能把人绊倒，为了阅读，我基本上不出门，零社交。但是，这样读了六七年之后，问题来了，我把自己读“倒”了，读“病”了，又像是被书给“药”着了，整个人都不好了，一天到晚浑身乏力，昏昏沉沉。又过了两三年，才想到去查体，一查不得了，竟患上了桥本甲减，需要终生服药。时光永是流逝，阅读野心依旧不减，而到如今，最要紧的问题，则是视力大大减退。

所罗门王说：“著书多，没有穷尽；读书多，身体疲倦。”我意识了自己的狂妄，竟想老虎吞天。

CONTENTS 目录

第三辑：精神坐标

第四辑：地球之远

第五辑：短诗一束

第一辑：朝花夕拾

从树上往下看，感觉世界很不一样，这差不多是从老天爷的视角来观看世界。我从树上可以看到小伙伴们正在玩着那些我已经玩腻了的游戏：摔瓦屋、扔纸飞机、老鹰捉小鸡、丢沙包、踢鸡毛毽子、摔洋画、滚铁环、撞拐、吹肥皂泡、弹玻璃球、旋转万花筒、过家家、丢手绢、抓特务、翻绳、抽陀螺、捉迷藏……

——《树上的日子》

《树上的日子》　　路画萌/绘

酒 糟 味

整个仲宫镇都被酒糟气味笼罩着。这味道是从镇中央的酿酒厂里散发出去的。只要闻到酒糟味，就知道仲宫镇到了，只要酒糟味渐消，就知道已经远离了仲宫镇。

这个镇位于一个省会城市的最南端，这个省会城市位于一个半岛的中央，而这个半岛是全中国最大的半岛。

不知这个镇子在酒糟味里已经浸润了多少年，连镇子的墙缝都散发着这种气味。那是带着皮儿和壳儿的谷物在发酵之后，经过了蒸煮，由封闭空间里敞开来时，在从高温往低温的冷却过程之中，散发出来的那么一种气息，里面还夹杂了酒精味，以及不知从哪里来的泥土味。

酒糟气味是上升的和弥漫的，在镇子上空形成了一个大气压，使得分散在山洼里和山坡上的那些高高低低的房屋全都得以处于一个稳定的统领之中，似乎唯有这样，才会避免它们无缘无故地分离出去。

每当刮西北风和东南风的时候，根据风力的不同，酒糟味就会在镇子的不同区域之间以某种幅度进行游荡，导致这种味道不再均匀分布，有的地方变轻淡了，有的地方变浓重了。气味变轻淡的地方，人和动物明显是神志清醒的。而在那些酒糟味忽然变得浓重起来的地方，人会忽然醉醺醺起来，说出一些着三不着两的废话，而像狗、猫、猪、驴，以及鸡鸭鹅这样的动物们，则会走路歪歪扭扭的，明显是喝醉了。

偶尔，遇上酿酒厂的出酒量增加或者酒精度数加大，酒糟味就会浓重到让人透不过气来，似乎整个镇子都被这种气味攫住了，中了蛊，动弹不得。全镇的人和牲畜全都在同一时段变得晕晕乎乎，大人孩子步履踉跄，动作夸张，这时候就很容易误事。那条穿过镇中心的柏油马路，连接着省城和一座全中国最伟大的山岳，路上偶尔会有卡车开过，车子在穿过这个镇子时，司机会被这气味熏得上头，方向盘会忽然失灵。据说有一次还发生了车祸，一辆解放牌卡车在空荡荡的路面上行驶着，莫名其妙地自己开到路旁沟渠里去了，导致正趴在沟沿上晒太阳的六只癞蛤蟆遇难，引发沟渠里所有癞蛤蟆齐声鼓叫，吵得全镇不得安宁，晚上无法入睡，很多人不得不捂上了耳朵。所幸那辆卡车上的人并无大碍，接着继续开车，直到开过镇南头的仲宫大桥，司机大脑一下子就清醒了不少，方向盘也恢复了正常。

我并不觉得这种气味讨厌，甚至还有那么一点点喜欢，但我对谁都没有提起过我的这种癖好。我一生下来，闻的就是这个气味，它甚至盖过了我妈妈的奶水味和我喝的炼乳的味道。后来，我妈妈几乎天天带着我去酒厂上班，上白班也上夜班，酒糟味更成了空气中必不可少的一种成分，甚至已经融进了空气的分子式里面去了——我妈妈在酿酒厂化验室工作，我从小就知道“分子式”这个词。更严重的是，连时间在这个镇子上都散发出了酒糟味，时间在酒糟气味里流逝得非常缓慢，似乎也被这酒糟味给弄得晕了头，只会原地打转了。我一直觉得，买不起酒的酒鬼们，只要闻一闻这个气味，或者进行一下深呼吸，都算得上是享受。

这酒糟味有可能会为我将来爱好喝酒在身心两方面奠定起某种类似基因的东西吧。我真正认识和理解的第一个汉字是“酒”。我从很小就知道酒是怎么一步一步地被制造出来的。

酿酒厂的围墙以及主建筑墙体大都是用不规则的石头砌的，其余部分则基本上是以红砖或青砖来砌的。进了酿酒厂大门，从传达室旁边往左拐，就是化验室，它在厂区东南角的一幢三层小楼的第二层上，妈妈在那里工作。

我整天价在厂区里疯跑乱窜，只要到时候别忘了返回化验室找我妈吃饭就行。

我的松紧带裤子是绿色大方格图案的，两个膝盖处总是先磨破，只好补上两块颜色相近的厚厚的长方形补丁；上衣是灯心绒娃娃服——有着两个圆领、胸前有环绕的横杠、从横杠开始有了微微皱褶并渐渐引出较宽松下襟的一种儿童服装，我穿的布料图案是黑黄相间的小方格的，衣襟上有一排竖着的藏在内部的子母摁扣；在灯心绒上衣外面则罩了一件薄薄的浅粉色的兜兜褂，用两根细布条在后背处拴系着；兜兜褂的顶端外侧用一个银色别针别上了一个小手绢，手绢是有着细细狗牙锁边的碎花手绢，它永远当啷在左胳膊上，可随时拿来使用，既用来擦嘴也用来擦鼻涕，唾液与鼻涕混为一谈；鞋子是有襻带的那种敞口黑布鞋，金属鞋扣是两个套在一起的薄铝片。我扎着三条麻花辫，两条对称地垂在两边肩头，另外还有一条细辫子编在了头顶，往下又与其中某一条下垂的粗辫子相汇合——我妈说我头发实在是太多了，多到可以供三个脑袋用，又是自来卷儿，蓬蓬地，只有扎了这种发型，才能管住它们。

妈妈所在的化验室面积很大，能比得上乡村里半个生产队的场院那么大。大屋中央有一个长条形的水泥操作台，条形水泥台子用镂空板分成了两部分，摆满了各种仪器。妈妈天天摆弄那些以玻璃材质为主的器皿，它们是烧杯、试管、量杯、三角瓶、锥形瓶、移液器、橡皮枪头、酒精灯……上面全都有细密针脚一样的杠杠，我妈管那个叫“刻度”。

妈妈站在操作台前使用各种试剂勾兑来勾兑去，容器里的颜色变幻不定，红的、黄的、绿的、蓝的，为了看得清楚，她偶尔会把容器高举起来，摇晃着，眯起眼来观看，有时还需要放到显微镜下去细察，目的是分析酒的产出量、浓度、纯度、pH值、含糖量，还要分析酿酒用水的软硬程度……然后一一记录填写在几页印制的表格上，那一摞表格固定在一个大的硬纸壳文件夹板上，我妈妈就拿着那个硬夹子在大屋里走来走去，管那个叫作“报告”。我妈妈穿着白大褂，跟同事交接班时，一说到“pH”，我就感觉那是一个接头的密电码，类似电影《永不消逝的电波》里的那个地下工作者李侠发报时使用的密电码，尽管好奇，我却从来不去问“pH”是什么，我觉得密电码得保密，连自己家里人也不能说，这是工作需要。

化验室北墙上有一排大窗户，很亮堂，一张三抽桌就倚在那窗前，桌子上方的墙上贴着一张年历。年历是新的，是彩色电影的剧照，画面上有一大团盛开的杜鹃花，还有一个精神抖擞的年轻女子，留着短发，腰上扎着皮带，斜挎着盒子枪，还背着草鞋，胳膊上有红袖章，从脖子左右两边搭下来白色毛巾，毛巾上有放光芒的红色五角星。我常常偎靠在窗户前，在这张彩色年历下面，看小画书、吃饭，在纸上乱画，望着窗外发呆。姿势是在一张木椅子上半站半跪着，鞋子蹭来蹭去，把椅子上的漆磨去了一部分。

吃与食堂

妈妈拿着两个长方形铝制饭盒去厂区食堂打饭。一只铝饭盒的盖子上印着一只鸟形简笔图，旁边写着“玉鸟”“青岛钢精制品厂出品”，另一只的盖子上有一个凸起的菱形，里面有大三角形套着小三角形的标识，印着“三角牌”“合金”“北京铝制品二厂”。热烫的饭菜在用凉的铝饭盒盛过之后，会散发出一缕淡淡的生冷的金属味道，这种味道会让人莫名地感觉到自己是公家人。

似乎总有一个饭盒里面会盛着一份扁豆炒肉丝。这个镇上的人在冬春两季一般只吃便于储存的大白菜、青萝卜和胡萝卜，而到了夏秋两季，当然也有西红柿、黄瓜、豆角、莴苣之类的蔬菜，也有被称为“地蛋”的土豆，可相比之下，吃得最多的还是这种叫作“扁豆”的蔬菜，扁豆简直成了这个省城郊县尤其是这个镇子在夏秋两季的主打蔬菜——这种菜好看却不怎么好吃，纤维粗粗拉拉的，吃起来轻微地划拉着舌头，弄不熟时，吃了还会中毒，我还算能够心平气和地将这种蔬菜吃下去，而如若非得天天吃不可，不吃不行，那么倒真希望这种菜从世界上消失，别让我继续吃它了。我一直不明白在这个镇子上，为什么总会有无穷无尽的扁豆被种植出来，无论你已经吃掉了多少，它们都还会不屈不挠地生长出来。如果爬上这个镇子任何一处屋顶，朝四周望去，总会有扁豆出现在视线里，它们在屋角、墙垛和篱笆上，缠绕着绿藤丝，开出淡紫或淡绿的蝴蝶形小花，挂着紫色镶边的扁平的绿色豆荚……难道是这里的土壤特别适合扁豆生长?

这个镇上除了出产扁豆，还出产花椒。这个镇其实坐落在一座称得上中国最伟大的山岳的后山余脉上，漫山遍野生长着花椒树，房前屋后也栽着花椒树，于是这里的人炒菜时必定抓上一把花椒扔进热油锅里，将花椒煸至半煳时会有香气散发出来，再将蔬菜放进锅里去炒或者炖。“真香啊!”我常常听到大人们啧啧称赞，可是，每次吃饭时，从菜里往外挑花椒，成了我吃饭的一个重要步骤。花椒粒小小的，有的还碎了，淹没在一大锅菜中，我要心细眼尖，像发现阶级敌人那样把它们从人民队伍里揪出来，扔掉。即使这样，还是会有不小心把花椒粒吃进嘴里去的时候，那种麻麻的涩和麻麻的辣，会一下子从舌尖传至全身的神经末梢，甚至抵达了灵魂。那种味道一下子将身体——从某个不知道的位置上——给洞穿了。

这里的人做菜时，除了爱放花椒，还会放进去很多酱油。有时酱油会演变成甜面酱——在我的感觉里那不过是酱油的变种，是与面粉和糖进行混合之后变得更加黏稠的酱油的味道。于是，所有的菜都做成了同一种味道：酱油味和花椒味的奇怪混合。

这个镇上的人，还特别喜欢生吃大葱和生吃大蒜。这里的大葱长得霸气十足，直立起来，快赶上我的身高了，葱白是健硕肥嫩的，葱叶是宽大向上的，从一侧伸出来的带膜花苞大得能赶上婴儿拳头。怎么吃大葱？一手拿着馒头，一手举起一根长直的新鲜的生大葱，左一口馒头，右一口大葱，直接吃！有时候可以将葱举过头顶，或者将新鲜大葱当成一根棍棒直接卷进玉米面煎饼里去，可以空口直接吃，也可以蘸上大酱再吃，咔嚓咔嚓，咔嚓咔嚓，那煎饼有着本地煎饼地地道道的酸口，有谷物的清香软糯，而那大葱又是多么芳辣甜脆啊，吃起来太过瘾了。至于这里的大蒜，有红皮的，有白皮的，从土里钻出来，瓣瓣饱满鼓胀，可以剥了蒜皮，像吃糖豆那样直接一颗颗地嚼着吃，咔嘣咔嘣，咔嘣咔嘣，也可以把砸好的蒜泥拌上芝麻酱来吃，又辣又香，稀里哗啦。在这里，无论什么人家，无论贫穷还是富裕，家中都得有至少一套砸制蒜泥的工具“蒜臼子”——分为臼窝和蒜锤——同时还必须通体都是石头的。这样的石头蒜臼子，很少是由石料硬硬地精打细磨出来的，往往都是找一块本身有凹陷的石头和本身形状近似长条的石头，由石匠顺势利导地简单凿削一下，就成了。那成了的蒜臼子还是接近原石的模样。据说当年我姥姥跟我姥爷结婚时，新婚物品中就有一套石头蒜臼子——现在我姥爷正在家里用着的就是它——可见生吃大蒜对于这里的人是多么重要啊，身家性命。妈妈在她工作的化验室里一直放着生葱生蒜。吃饭时，随时洗了，放到桌上当生吃的配菜。我不吃花椒，但从小就对生葱生蒜情有独钟，一点儿也不怕它们的辛辣。有一次我在吃青岛钙奶饼干时，竟然也拎起了一根大葱，准备就着大葱吃饼干，被我妈妈眼疾手快地夺了回去，把那根大葱当成棒槌来追着打我，于是我只好又抓起了几瓣大蒜，就着生蒜吃起了饼干。

青岛钙奶饼干的包装方式看上去很像一条香烟。长方形饼干整整齐齐地排成一列，外面罩着一层黄白条纹相间的包装纸。麦黄色的饼干酥脆肥厚，奶香四溢，有牙的小孩直接咬了吃，没牙的小孩就在温水里泡了吃，这种饼干遇水之后马上融化，变得软软糯糯的。那时候半岛省的小孩全吃这同一种饼干，似乎只有这一家生产饼干的厂家，我再也没有见过别样牌子的饼干，于是我认为青岛钙奶饼干的模样就是饼干的标准版，饼干的颜色、形状和味道只能是这个样子的。全国很可能只有这一种饼干，只有一家生产饼干的工厂，供应半岛省和全国的小孩子们吃饼干，也许还出口到亚非拉去。我突发奇想，要给永远不变的青岛钙奶饼干增加一些别样的味道，竟然想到了拿它与生葱生蒜相搭配。从这方面来讲，作为一个半岛省人和一个仲宫镇人，我还是很合格的。

反正，镇上的人，吃花椒多，吃生蒜生葱多，吃酱油多，全都吃得风风火火，吃得稀里哗啦，吃得嘁里咔嚓。而且这几种之多，一定多到了在全中国数第一的地步，在全世界肯定也数第一。这里的人从古至今都显得不够敏锐，他们的敏锐因对孔孟的虔诚而被磨钝了一部分，剩下的那部分敏锐又被花椒葱蒜酱油给遮蔽了，于是，这里的人们，往往血压和干劲直冲云霄。他们行侠仗义，豪爽粗犷，他们大而化之，马马虎虎。

扁豆、花椒、生葱、生蒜和酱油——在这个省份尤其是在这个镇上——肩负着很大的使命和抱负。我想，仲宫镇，如果改名叫扁豆镇、花椒镇、葱蒜镇或者酱油镇，估计也不会引起太多的反对吧。

而我喜欢吃从厂里食堂买回来的大蒸包。在大蒸包里面，我唯独不能忍受茴香苗馅的。茴香苗有一股油漆味，如果说扁豆让我厌倦，那么茴香苗干脆令我害怕，实在搞不懂为什么有人偏偏喜欢油漆味道。在蒸包里面，我最喜爱吃的是青萝卜猪肉馅儿的，这里的人习惯上把青萝卜叫成水萝卜。在大蒸包里，水萝卜用自己的泼辣缓解了猪肉的腥腻，猪肉又用自己的土香激发了水萝卜的清爽，而发酵的小麦面粉则用自己的宅心仁厚进一步地把水萝卜和猪肉的味道给烘托出来，还有那渗透进发酵面粉表皮里去的带酱油味的菜肉馅儿的汤汁既不多也不少，恰到好处……我吃青萝卜猪肉馅儿蒸包的时候，心中总是充满了感激，盯着大蒸包，目不转睛，一口气吃掉了六个，一个也没有给我妈妈留。我吃蒸包的时候，我妈妈正在啃馒头。

我确实馋，馋得冒了尖。

在妈妈的化验室的窗下，我曾经一口气吃掉八块豆腐乳。

豆腐乳也是从食堂里买来的。这种东西存放得住，就一次多买了几块。豆腐乳原本是当咸菜吃的，适合一点一点地吃，用来就着喝稀饭，也可以抹到馒头上来吃，全家人同吃一块，一块就能吃上好几天。而我一个人，一顿饭就干掉了八块！当我吃掉第三块时，我妈就发出命令："不准再吃了，停下！"但是已经晚了，我不知为什么就是停不下来了，我身体里像是有一个并不属于我的动物，张开了大口，于是我跟我妈妈争夺碟子，夺过碟子来，满屋跑着，得以继续吞吃，终于，我把八块豆腐乳全吃光了。接下来，我开始呕吐，胃里一阵又一阵地痉挛，将吃下去的所有东西一次性全部呕吐了出来。我一下子把自己给吃"伤"了。我妈大呼后悔，不该一下子买了那么多豆腐乳。结果是，从此以后，我再也不能吃豆腐乳了，隔着十来米远，我就能辨别出豆腐乳的气味，只要闻见那种味道，就会激起肠胃的新仇旧恨，导致干呕。就这样，我自己不能吃这种东西，任何其他人也不能当着我的面吃这种东西了。只要有人在屋里吃它，我就会从屋里跑出去，跑出去好远，不把豆腐乳撤掉，不把窗户打开通风半小时以上，休想让我返回屋里。同时，对于凡是戳过豆腐乳的筷子，在我看来，必须要么扔掉要么砍去一截。后来，我从恐惧豆腐乳，进一步发展到了警惕豆腐，干脆连豆腐也吃得不情不愿了，谁知道豆腐进了肚子里之后，会不会悄悄地自己变成豆腐乳呢？

厂区食堂的饭票是彩色纸质的，每一张饭票的顶额位置，都印着一句话："发展经济，保障供给。"面值分为五角的、两角的、一角的，还有五分的和一分的。饭票按照颜色来划分不同的具体用途，绿色饭票是蔬菜票，一般用来购买炒菜，上面画着一棵敦实的大胖白菜；黄色饭票上面注明"细粮"，一般用来买白面馒头，图案是低垂的小麦麦穗；还有红色饭票，注明"粗粮"，图案是手榴弹般的玉米棒子和沉甸甸的高粱穗子，一般用来购买黑面馒头或者大米饭——我不明白为什么大米被归到粗粮里面去了。我妈妈向我解释，我们这个省份的粮本上就是这样规定的，也许是根据淀粉含量的多少来划分粗粮和细粮。如果想买大蒸包或水饺，它们既含白面粉又含菜馅，那就得把黄色饭票和绿色饭票相加在一起联合使用。

饭票上的字，其实，我并不真的认识，我只是听别人那么念，就跟着念了起来，用我妈的话来说，这叫"念滑句"，如果把这些字从饭票上转移到另外一个地方，我很可能就不认识它们了。

捡煤渣

在酿酒厂内部的道路旁边，经常看见工人蹲在那里做电气焊，他们戴着安全帽和牛皮手套，一手拿着带有透明小窗的防护面盾来遮脸，另一只手里握着接上了焊条的焊枪，切割并焊接金属——有时是钢板有时是三角铁，弧光从幽蓝变成了橘红，铁水飞溅，火花飞舞。一个人低着头在那里，既泼墨写字又燃放烟花，从那里面冒出来了蓝冰和稻穗。我妈妈请一个正在干活的电焊师傅给我制作了一个铁皮小桶。用一块生锈的废铁皮，卷成一圈，补上个底儿，将所有的接口和缝隙都焊接起来，再在铁壁边沿打上两个小孔，穿系上一条铁丝，一个小铁桶就做成了……整个过程其实跟裁缝做衣裳没有什么不同，只不过这电焊师傅是一个铁裁缝。

我提着这个简陋的小铁桶，拎了一个火钩子，在厂区的锅炉房附近转悠着捡煤渣。这个厂区有一个个大锅炉小锅炉，燃烧过的废料煤渣堆成了一座座小丘。我撅着屁股俯身在那些灰黑色小丘上，挑拣那些还没有完全烧透的煤核、焦核、煤球球。它们一般都是一些带着透气小孔并略微发酥的，就是一些还没有烧透的煤，大概在感觉里有些像果实中的果仁，所以当地人大都叫作“煤核”。这些煤核可以送回家里去，让它们继续燃烧，生炉子，既取暖又做饭。常常有不少小孩子围在那些小丘那里，埋头捡煤渣，有蹲着的，有弓步的，有弯腰的。每当有工人从厂房里又新推出一车热气腾腾的煤渣，“哗”地一下往那里一掀一倒，这些小孩就冒着弥漫的灰尘，像冒着战场硝烟，朝着那新来的一堆煤渣奔涌过去，那里面还夹带着火星，有些还烫手，在由热变凉的过程中，升腾着白烟。空气中有微微的煤烟的呛味，还有从不远处食堂里飘来的香油果子味——“香油果子”相当于“油条”的小名和昵称——当然，也许不是香油果子味，只是我想吃香油果子了，而把炸馒头片味当成了香油果子味。

捡煤渣时，我才发现，所有跟我年纪差不多的小孩，都长得明显比我壮大，都比我有力气，能远远地抢在我前面，把稍微像样子的大煤核全都抢走了，我只好落在队伍尾巴，跟在人家屁股后面翻弄拾捡那些剩下来的体积很小的煤核。于是我每次拎回去的，都是满满一小桶的最小号的煤核。我妈看着那些比花生豆大不了多少的煤核，哈哈大笑。她认为我生下来的时候体重只有两千克，是个“足月小样儿”，现在能拾到最小的煤核，已经相当不错了。

但是我不服气。我下决心捡到更大的煤核。我妈妈纠正我的想法：咱家其实不需要你去捡煤渣，没有炭了，就拿着煤票再去煤场里买去；再说，家里不是还用着煤油炉子嘛，还有酒精炉子呢，妈妈主要是想用捡煤渣这个活计把你这个人给占住，免得你四处惹是生非，你还以为家里真的指望你捡煤渣过日子吗？

但是我还是不服气。接下来，我就想出了一个好办法。我不再跑到煤渣堆堆上跟人争抢了，我直接钻进了锅炉的炉膛！

那是一个静悄悄的晌午。水循环车间里，不见人影，工人们大概都去休息了。那只吨位很大的蒸汽锅炉像一只大老虎，正在打盹儿，同时张着它的方形嘴巴——也就是炉膛口，而带拴钩的单门斜挂在了一边，它并没有运行或者刚刚运行完，总之是暂时熄火了，从外往里看去，会看见有很多没有燃烧完全的灰色焦煤的核儿，都是很大块头的。我拖过旁边的板凳和椅子，又摞上砖头，像踩高跷一样，总算够到了那个炉膛口，那个炉口对我来说还算宽敞。我爬了进去。

我是平卧着身子钻进去的，就像匍匐着接近敌人碉堡的黄继光，我并没有堵枪眼，而是直接钻进碉堡的枪眼内部去了。进去之后，才发现里面空间其实比从外面看上去要大一些，以我的瘦小身形，竟是可以稍微半坐起来的。

我仿佛钻进了幽深幽深的老虎肚子里面或者鱼腹之中。周围全是还没有燃烧完毕的工业焦煤，它们暂时歇息了，等着下一轮上阵。逢上一个大晴天，又是晌午头，厂房还有高大明亮的天窗，于是从那个方形炉膛口透进来的光线，使得炉膛内部并不至于漆黑一片。我触摸到那些大块煤核时，发现它们还是温热的，我开始往下翻腾，不知不觉中竟摸到了炉膛和炉底之间的那个盛煤漏灰的金属炉箅子，还是烫手的。这时才看到那些煤核之间还隐藏着一簇簇的火星，当我用手拨拉开时，进去了空气，那些火星有死而复活的迹象，每一粒火星都渐渐变得大了一点儿。望过去，它们密密麻麻的，忽闪忽闪的，仿佛只待一声令下，就可以烧成一片。火星克制着烧起来的想法，而它们相聚在一起，就已经把炉膛照耀得比我刚进来时明亮了一些。火星们在昏暗之中更能显出自身的璀璨，从我的角度看过去，炉膛内部反而越来越像一个在茫茫暗夜里正发着幽光的宫殿。

一块略微燃烧过尚呈深颜色的焦煤核与另一块燃烧得更严重一些已成为浅颜色的焦煤核紧挨着，它们交换了一下呛人的眼神，深色焦煤核翻了个身，嗓子眼里沙哑地干咳了一下，大致意思是在说："快看啊，这里怎么冒出来个小孩，从来没有听说过炉膛里面还有小孩，而且还是个活的，还动弹呢！"紧接着，浅色焦煤核同样也咳了一下，清了清同样沙哑的嗓子眼儿，回答："仔细瞧，这还是一个小闺女呢，非得找到更大的煤核不可，天哪，简直没有她不敢干的事情！"于是，接下来，炉膛里所有这些燃烧了一部分又忽然暂停下来的焦煤核们全都开始呛呛地咳嗽着，回应开了："是呀，是呀，锅炉的炉膛里出现了一个小孩，这可是一个大事故!”

我全听见了，这些焦煤核们，就这样在我周围吵吵嚷嚷，不肯罢休，用越来越浓重的煤烟味召唤着我的肺叶。我的肺叶像鼓风机一样旋转起来，接下来还发生了持续振动，想冲出胸膛……

当我被一位正准备再次添煤重新点火的工人叔叔拖拽着抱出来的时候，除了牙齿是白的，浑身上下皆为灰黑，甚至连眼白都成灰黑色的了。

我妈妈把我拖到了酿酒厂的公共澡堂里。那是一个男女轮流洗澡的澡堂，一三五，男的洗；二四六，女的洗，星期天关闭。那天正好轮到女的洗澡。澡堂里所有的人都脱得光溜溜的，大大小小的光腚，一律平等，相互展览着，谁也不欠谁的。我妈妈常常提到的厂里两位特别有名的先进工作者和生产标兵，现在看上去也跟其他人没什么两样，一点儿也看不出哪里先进哪里标兵，要不是我妈跟她们打招呼，我都认不出来。还好，幸而有弥漫开来的白色水汽如雾如纱，做了遮挡，不至于令人过于尴尬。奇怪的是，即使在这样人人光着身子完全平等的澡堂子里，我也能准确地指认出哪一位是我妈，她身上有一股很重的“妈”味，我能靠鼻子闻出来。不少人都泡在一个大热水池子里，我也想进池子，我妈阻止了我，悄悄在我耳边说：“记住，永远不要洗池浴，小心有传染病。”我顾不上寻思为什么别人就不怕传染病，有一点倒是可以确定的，今天我一旦进了那池子，那池子肯定立刻会变成黑池子。我妈把我拖到一大排淋浴喷头那边去了，将我放到一个莲蓬头底下，把水开到了最大，我低头看到脚下地板上的水汇成了一条黑色溪流。我被一口气冲刷了大半天，直到脚下那条黑溪流的颜色越来越淡。溪流完全消失了，我妈才找回她原来的那个孩子。

打那之后，连续一个星期，我连放屁都是煤烟味的。

露天电影

电影都是在仲宫镇所驻军队的大操场上放映的。

一块四周镶黑边的白色幕布，是正方形的，它的四角有金属箍边的圆孔，从中穿上绳子，用绳子把那块幕布撑开，从四个方向进行固定，将绳子拴系在树上或者电线杆子上，绑在石头上也行——反正不管用什么办法，只要能把幕布拉伸开来并固定住即可。得尽量固定紧了，不要让幕布随风飘动，那样屏幕上的图像会变形。

天还亮着，是不能放电影的，要等天黑下来了，才能放。

镇上的老百姓早早地就赶来了。都怕来晚了，抢不到好位置了。大家带来了各式坐具，有板凳、条凳、马扎、小椅子，有将线轴状电缆卷筒当成凳子，还有直接从旁边搬块石头来坐上去的，附近一棵核桃树上也挂着不少孩子——他们坐在树的枝丫上观影。

还有跑去幕布反面去观影的。那边人少，不挤，其实并不影响观看，只不过看到的是银幕图像的镜像效果，比如，正面画面上的左和右，到了反面就恰好调换了方向，成了右和左。至于字幕，则全是反着来的字迹了，就是那种映照在镜子里的效果。

放映员一上来要做的事情是对光。刚刚把光束调整到幕布正中央并且铺满的时候，会有小孩子站起来或直接跑到幕布前面去，在放映机投出的光线中，做出类似扔帽子、抛衣服的动作，或者举起自己的胳膊，同时让手指交叉变幻出各种各样的形状，有时像狗，有时像兔，有时像鹰，有时四不像……这样就会在幕布上产生各种各样的皮影戏般的效果。

部队战士喊着口号列队而坐，连看电影，也齐刷刷的。放电影的人也是两位穿军装的战士。

放映机就安放在看电影的人群中间，大约在中间偏后的位置。放映机上有两个镂空的大轮盘，一个高一个低，胶带就缠在这两个轮盘上，用它们进行输送。胶带是由一个个可以隐约看见画面的胶片组成的。当两个轮盘匀速转动时，会发出富有弹性的“嗒嗒嗒嗒”的声响。在那诱惑的声响里，画面一个接一个地出来了，剧情展开。

在放正片之前，有时候会放加演片，大多数时候是新闻纪录片，好像是中央新闻纪录电影制片厂录制的，常常看到党和国家领导人出访亚非拉国家。

当正片的电影片头标识随着昂扬的音乐一起出来时，是最激动人心的时刻，表示已经开演啦。“中国人民解放军八一电影制片厂”几个字出来时，有时是黑白色的，一个立体五角星在大放光芒；有时又是彩色的，深邃的蓝天底子上有一个在核心位置写了“八一”字样的立体五角星正在大放金光。“北京电影制片厂”的片头会出来一个天安门城楼，“峨眉电影制片厂”“长春电影制片厂”的片头似乎是大同小异的工农兵雕像，雕像上的三个人正肩并肩联合起来奋勇向前……至于“兵”的形象，用一个解放军叔叔来代表，我丝毫没有意见，但是，我不明白为什么在所有这类雕像中，非得用一个抱麦穗捆的女人来代表农民不可。如果让一个农民伯伯来代表农民，同时让一个纺织女工阿姨来代表工人，不是也挺好的么，不必像现在这样总是用一个戴安全帽、拿铁钩子的叔叔来代表工人……

片子大都是一些老片子，又重新拿出来放映的，但这并不影响看过的人们再来高高兴兴地看上一遍，像看第一遍那么新奇。对于我来说，倒是第一次看，它们大都是新的。

在大家都聚精会神看电影的时候，如果稍微走一下神，将视线从那块被放射状光束照亮的幕布上移开片刻，让自己的心神暂时跳出这片热腾腾的场域，会特别能够感受到在这片亮光的烘托之下，周围的群山是那样神秘威严，夜空是那样的浩瀚无垠，而深黑的群山和青蓝的夜空之间有一道明显的边界……露天电影场，这一小片光亮之地，正处于茫茫宇宙之中。我忽然想到，待我长大了之后，我会在哪里呢？到了那时候，我还会想起今天晚上——此时此刻——在这里看电影的情景么？

看着看着，突然幕布上没了影像，成了一大片杂乱的星点，这说明这盘胶带已经播放完，该更换下一盘胶片了。于是就到了中场“换片”时间。这是短暂的休息时间，场地里有了些骚动，有人去解手，有的孩子追打吵闹，有人吃东西，有人叽叽喳喳地聊起天来，尤其是聊到电影中刚才演的情节时，发出唏嘘之声。待到幕布上重新出现了影像，整个场地又立刻安静下来，电影继续。

有些反特影片里会出来“女特务”。女特务一出场，大家就屏住呼吸，眼睛一眨不眨地盯着银幕，不敢走神。这时会有人突然打破寂静，吹起了口哨，一声接一声。女特务什么样？穿黄呢子大衣或者旗袍，蹬高跟鞋，戴船形帽，披长卷发，叼纸烟，用高脚杯喝酒，扭水蛇腰，说话会发嗲……总之过着腐朽的资产阶级生活。至于女特务的具体工作，当然是专门负责用密码发电报。

当然偶尔也会遇雨，如果是小雨，那就坚持放映坚持观看，可如果突遇暴雨，持续下起来，那电影只好半途停止，草草收场。

有好多次，看着看着电影，我就睡着了。我从自己的小板凳上歪斜到旁边我妈妈的腿上去，我妈只好把我抱起来，揽进怀里，给我披上随身带来的备用外套。我有时会一直睡到散电影。好多小孩子像我一样，没熬到把电影看完，就睡着了，被父母扛在肩上，死沉死沉地往家里扛，像扛着一袋子面粉。散电影的时候，我爸爸命令已经睡着了的我必须自己下地走，于是我从妈妈怀里被直立起来，竖在了地面上，拖着小板凳，随着大队人马往军营外面走去，然后沿着马路牙子，往石头大院走……我半睡半醒，深一脚浅一脚，懵懵懂懂，跌跌撞撞。我像梦游一般地走着，我睡着觉走在了大路上，天上的月亮在云层里时隐时现，它们在天上动，弄不清是云彩在走，还是月亮在走。我似乎听见了——也许是梦见了——月亮和云彩正在小声嘀咕：看，下面有个小孩儿，她一边走路一边睡觉，一边睡觉一边走路。

有一次散电影时，出了一个突发事件。人群稀里咣当地出了部队大院，沿着门口的大坡往下走，忽然从人群里冒出来一个孩子，他一边蹿一边跳，他的身上“忽忽忽”地燃着小火苗！他应该跟我差不多大，是个胖胖的男孩。他从我身旁快跑过去时，只见那小火苗正从衣襟位置向上燃烧，越烧越旺，朝着头部方向烧了过去。他一个劲儿地往前奔跑，跑到所有人前面去了，仍在加速地向前跑。他边跑边哭，喊着“妈——妈——”，声音惶恐，把夜晚戳出了一个洞。

男孩越跑越远，火势在风里越来越大了，他变成了一个火球。这个奔跑的火球划破了夜空，照亮了整个仲宫镇。

“找个水湾，找浅的，跳进去……”

“快跑，快跑，往县医院跑——”

后面的人冲着那个孩子的背影，使劲地喊，也有试图去追赶的，可是谁也跑不过那个疼痛的火球。

听人说，这个小胖男孩的口袋里，塞满了烈性炸药。

小胖男孩的妈妈在附近的山里开山采石。仲宫镇附近的山里有很多采石头的。采石头需要打炮眼、填炮、放炮，会用到雷管和炸药。在镇子附近，会经常听到轰隆隆的爆炸声或远或近地传来。人要是恰好走近了正在采石头的山间地带，偶尔会听到有人在山中大喊："放炮了！放炮了！"以提醒周围的人注意安全，赶快躲开，跑到远处去，躲到堰底下或者大树后面去。

听说这个胖男孩经常跟着妈妈去采石头，今天不知怎么地，就把炸药随便抓来玩，装满了自己的上衣口袋，还独自带着来看电影了。就在刚才，散电影的时候，有一个吸烟的人扔烟蒂，不偏不倚恰好就扔进了小男孩那其中一个装满炸药的口袋，结果就引发了这么一场自焚式的火灾。

人们议论纷纷，这个小胖男孩，姓宫，就是镇上的人，家住在有老石板路的街里。

那个吓人的火球，有那么一霎，几乎让我产生错觉，以为电影没有演完，是银幕上面的一个战火纷飞的场面和镜头，演着演着，从上面演到下面来了。

树上的日子

在这年春夏之交，我又喜欢上了爬树。将两只手心吐上唾沫并搓匀了，把鞋子一下子互踩着后跟脱掉，以手扣住粗糙的树皮，双腿悬空而起，两脚蹬住树干，双臂渐渐抱住了树，一点一点地蹭着向上攀升。我在石头大院里爬树，爬了杨树，爬了香椿树，还爬了柿子树，爬了核桃树，最后我最喜欢爬的，还是自家房门口的那棵泡桐。泡桐刚刚过了花期，长出了新绿。后来，我发展到了一旦上了树，就不愿意下来，找个树杈坐上去，盘腿而坐或者将双腿在空中当啷着，往往这样一待就是大半天或者一整天。树有些年数了，树冠遮天蔽日，小风从枝叶间穿过，很是畅快。

从树上往下看，感觉世界很不一样，这差不多是从老天爷的视角来观看世界。我从树上可以看到小伙伴们正在玩着那些我已经玩腻了的游戏：摔瓦屋、扔纸飞机、老鹰捉小鸡、丢沙包、踢鸡毛毽子、摔洋画、滚铁环、撞拐、吹肥皂泡、弹玻璃球、旋转万花筒、过家家、丢手绢、抓特务、翻绳、抽陀螺、捉迷藏……最显眼的当属跳房子的和跳皮筋的。跳房子的女孩儿们，已经在地面上画好了一间间连在一起的房子，就是把一个长方形再分割成若干小方块，最顶端画上一个半圆形来表示院门或窗户，跳房子的人自始至终都得单脚着地并起跳，把小石头或者沙包依次踢进那一个个方格代表的房间，直至最顶上的房门或窗户，然后将小石头或沙包放到脚背上，再一个方格一个方格地单腿跳回来。那几个正在跳皮筋的女孩儿快乐得那么轻盈，像要飞起来了。她们已经把游戏玩到了最后一节——“大举”，站在两边手拽皮筋的人把皮筋高高举过了头顶，舞弄皮筋的人必须弹跳起来，用脚尖去远远地够那空中的皮筋，这一节配的歌子是《北京的金山上》。

我一个人在树上开始唱歌，是儿歌大联唱，一首接一首。

小骆骆来了，她穿着娃娃服和兜兜裤。

小骆骆家门口种着很多鸡冠花。那是小骆骆的奶奶家，只有小骆骆和她奶奶祖孙二人住在那里。小骆骆是后来才来到石头大院的。有一天忽然从山西来了一个小姑娘，体积很小，长得圆润可喜，总是静静地笑着，跟我见过的所有镇上的小孩子都不一样。我妈妈一语概括了：“小骆骆很文明。”

小骆骆在树下望着我笑，听到我唱歌就跟着拍手，有时也随着我一起哼唱，我们俩就这样一个在树上一个在树下，对歌。我们唱了《我是公社小社员》《我爱北京天安门》《小松树》《一分钱》《小燕子》《听妈妈讲那过去的故事》《小小螺丝帽》《咱们工人有力量》《劳动最光荣》等。唱歌间歇里，我和小骆骆说话，说了些什么，我们自己也不知道，反正就是不停地说。小骆骆说话撇腔，跟收音机里有些相像，只是每句话的尾音都要上扬并拐弯——估计这是山西话的特点吧。

“这孩子疯癫了——”我听见大人们在院子里说，“哪有天天爬到树上去，待在上面不肯下来的人？”

小骆骆很文静，并不跟着我一起上树，但她并不觉得我疯癫，她觉得我很正常。我知道小骆骆喜欢我，我也喜欢小骆骆。

“你给我下来！”我妈在树下喊。

“我倒着数十个数，从10数到1，你若还不肯下来，就永远待在上面，一辈子不要下来了！”我爸也急了。

我听见爸妈在树下交谈，一个建议是找个梯子，爬到树上，把我弄下来；一个建议是干脆找个大锯来，把这棵泡桐给锯倒了，要不干脆连根把树给刨了。

正好，我在树冠上待的时间太长了，自己觉得有些腻烦了，但我并不想下去，一个人在高处和上面待惯了，就不愿再下到地面去了。我想换个地方，于是我离开泡桐树冠，沿着那些遮挡了房顶的粗枝干，顺势上了屋顶，平房的红瓦屋顶并不是平顶的，而是人字形的，我一点一点顺着瓦楞往脊顶爬，一直爬到了最顶端。在那高高的顶端，环顾四周，我清楚地看到了酱园，还越过酿酒厂，看到了不远处的锅儿老山。

在这棵泡桐朝向屋顶这边的某个枝丫上，有一个很结实的喜鹊窝。我悄悄地过去探究了一下，不得了，里面竟有五只喜鹊蛋！它们是青绿色的，还散缀着褐色斑点。此刻它们正静静地待在一个脸盆大的窝里——一个用细小树枝、泥土、草叶、棉絮、兽毛、羽毛等构建起来的巢窠。喜鹊爸和喜鹊妈都不在家，想必结伴出去打食了。我盯着那五只喜鹊蛋良久，忽然想出了一个馊主意。一旦想到，就得马上去做，而且要赶在喜鹊夫妇飞回来之前做好。我从那个喜鹊窝里拿出来了一只蛋，小心翼翼地放进了我的上衣口袋里，从树上出溜了下来，跑回家中，找到纱橱碗柜底层那个放鸡蛋的簸箩，拿那只喜鹊蛋跟一只鸡蛋进行了调换。我找出我画画的蜡笔和水彩来，想办法把那只鸡蛋涂成绿色，点上褐斑，伪装成了一只喜鹊蛋，放回了我的口袋；接着又把那只喜鹊蛋用白粉笔涂了涂，伪装成了一只白皮鸡蛋，放回鸡蛋簸箩里……最后，我又出了房门，爬回树上，将口袋里那只蛋放回了喜鹊窝。我刚刚作案完毕，喜鹊夫妇就衔着小虫子和菜叶飞回来了，它们返回窝里去了。天色渐渐暗淡下来，喜鹊窝里没有传出什么动静，看来喜鹊夫妇没有发现自己的蛋被调换，那只佯装成喜鹊蛋的鸡蛋，将在母喜鹊和公喜鹊的庇护和照料之下进行孵化。

过了十几天吧，我几乎把喜鹊蛋与鸡蛋互换的恶作剧给忘了，忽然有一天中午，大家吃过午饭，都在小憩，石头大院里很安静，我在泡桐树下面听到了小鸡雏嫩嫩的叫声。我仔细辨别了一下声音来源，确定声音不是来自小慧慧家的鸡棚子，而是来自头顶，来自空中！我忽然意识到，很可能是那只伪装成喜鹊蛋的鸡蛋孵出小鸡来了。我担心喜鹊一旦发现那不是自己的孩子，会气得将这个异类从窝里扔出来，那样小鸡就会从树上掉下来摔死，于是我尽快上树，解救小鸡。等我接近喜鹊窝，发现喜鹊夫妇又外出打食去了，恰好不在家，四只喜鹊和一只小鸡刚刚拱出蛋壳。敌情还没有被发现，真是万幸啊，于是我将那只小鸡从树上接了下来。我决定把它送给对门正在对鸡棚子进行新一轮翻修的慧慧的爸爸。

至于那只由喜鹊蛋伪装而成的鸡蛋，则被我妈妈拿来炒了西红柿。我认识那只我用白粉笔涂过的蛋。当时吃饭时，只有我们娘俩儿，她吃菜时总是让着我，让我多吃，尤其是多吃鸡蛋，保证营养，才能长身体，于是我就把那只喜鹊蛋当成鸡蛋来吃了。喜鹊蛋的味道跟鸡蛋不太一样，吃起来有些发酸。

怪异之事还是发生了。自从吃了西红柿炒蛋里面的喜鹊蛋之后，我动不动就笑，不分时间和场合地笑，无缘无故地笑，而且笑出声来，咯咯咯咯地笑，清脆地笑，婉转地笑，难以止住。我常常笑到失控，有好几次笑得差点把自己给噎着。我妈为此愁得不行，有一次不得不找了一块软软的小毛巾暂时塞住了我的嘴，还说如果实在不行，就得去医院找大夫给看看，可能需要抓中药来吃吃……

石头大院里的人都知道前院东头那家的小孩路小路，得了“笑病”。

我对任何人都没有提及我吃了喜鹊蛋的事。

那年我在树上和屋顶上度过了半个春天和大半个夏天，我几乎没有一天不上树不上房顶的。

忽然有一天，新闻广播里传来了消息：唐山发生大地震。

我妈趁机赶紧向我解释一番：震中心在唐山，大震之后，唐山仍处于不断的余震之中，唐山及其周边省份地域——包括我们这个半岛省份——都会受到较大影响，地震的时候，大树会被连根拔起，屋顶会下陷，像我这样成天待在那上面，实在危险。

我妈说完后，怕我不相信，又补充一句：“这可是收音机里说的。”

我认为我妈说得很有道理，何况又来自收音机，我很怕死，吓得一下子就答应了，答应近来不上树，不上房。

卖冰棍的来了

石头大院里有人喊："大门口来了卖冰棍的了！"

我飞快地跑回屋里，爬上床，凑到窗台那里，够到存钱罐，倒出一堆硬币，放进上衣兜，又跑到橱柜那里从茶盘里拿了一个小茶杯，以最快的速度跑出了屋门。待我跑到石头大院门口时，那个卖冰棍的人刚刚跨上自行车，沿着柏油路，往东去了。我看见他的背影，看见自行车后座上驮了一个白色的四方木头箱子，箱子上旗帜鲜明地写了两个红字"冰棍"，这两个字很有冲击力，上方还排列着一行较小的环形字样——"糖果冷食二厂"。

我在后面喊着："等一等，我买冰棍——"

那卖冰棍的人听不见我的喊话，继续往前面骑行，轮子还加快了转速。我跟在后面迈开大步，使劲地跑，使劲地跑，沿着柏油路一路向东地追着跑远了。我跑过了废品收购站、五金交电商场，跑过了柏油路在酿酒厂墙外拐向正南的那个拐弯处，跑过了有水泵和机井的菜地，拐到了另一条直直向东的沙土路上去了，路两旁有两排冲天的毛白杨，有两条哗哗流淌的水渠，渠边有很多长高了的播娘蒿，它们茎上的一簇簇黄花正在萎落。半空中有知了在叫，它们哑着嗓子，为我喊加油。

我终于在县医院门口追上了那个卖冰棍的。

那人头戴一顶草帽，自行车后架上用绳子固定着冰棍箱。他掀开箱体上方的一节木盖，小心地掀起白棉被的一角，快快地拿出并递过来一根冰棍，紧接着又把棉被和木盖盖好了。我幸福地拿到了一根冰棍。薄薄的冰棍包装纸是半透明的白色，用淡绿这样的单一颜色印刷着苹果、梨子、葡萄、菠萝、香蕉的线描图案，还印着商标、厂家和电话号码。里面那只长方体红糖冰棍透过这层薄纸映透出淡棕色，一丝清新的凉气从冰棍上升起。剥开来，边闻边舔那张冰棍纸，舌尖在纸面的冰霜上似乎被电了一下，瞬间被沾住了一小下，冰冷的甜液已浸透了包装纸，把纸的香气也给激发出来了。我把鼻子对着包装纸深呼吸，心花怒放。我开始一点点地慢慢舔化那根冰棍，吸溜着吃，而舍不得咬着吃。就这样，略带水果味的红糖冰棍，爽爽的冰碴子，化为冰水，一点点地灌溉进身体，渗透进毛孔，直至使我全身通透，飘飘欲仙。冰棍在我的吮吸下不可避免地一点点地变小了，待到只剩下小半根冰棍时，我实在舍不得继续吃，就用随身带来的那个小茶杯兜着它，让融化了的冰甜水储存在杯子里。

我吃着冰棍，没有回家，而是穿过紧邻县医院西墙外侧的那一大片菜地，抄近路去往南河滩方向了。菜地里种着西红柿、黄瓜、茄子、扁豆和胡萝卜，旁边有一个水泵，正在从井里向外抽水，刚抽上来的水从粗大的波纹软管里流出，卷着浪花流进土壤里。穿过菜地一直向南，就到了医院西南角，在那里可以看见医院的一溜南墙和墙外的南河滩。

就在那个医院围墙的西南角，有一座不大的白色房屋。白色房屋属于医院内部建筑，同时它还有一个天蓝色小后门朝向外面的野地，这个房屋其实是太平间。路过那里，我开始高唱《学习雷锋好榜样》："学习雷锋好榜样，艰苦朴素永不忘，愿做革命的螺丝钉，集体主义思想放光芒，集体主义思想放光芒……"我歌声嘹亮，一个人俨然一支队伍，声音如同头顶的太阳那样闪烁着金属光泽，足以将那座小屋里的人给吵醒。听大人说，人死后是有魂儿的，那么暂存在这座房屋里的那些人的魂儿，一定越过了旁边由碎青石垒成的不太高的防波堤，进入了南河滩，顺着河水漂走了，漂远了。

在医院南墙根，通过防波堤的一个缺口，我进入了南河滩。这时候，我的那根在县医院门口买的冰棍已经基本上吃完了。我开始舔那根脱离出来的细细的木头棍棒——那上面除了冰甜味之外，还有木头味，当舔得只剩下木头味时，我才把它扔掉。当冰棍完全吃光，连小茶杯里的冰水也点滴不剩时，我一下子知道了什么叫无可挽回，什么叫失意。

考上小学

按仲宫镇的惯例，每年麦收季节，就是小学生入学报名季。这一年麦子还没收呢，刚刚有人开始蒸煮青麦穗吃，就传来了报名上学的消息。石头大院里有好几个小孩都报名了，我也想报名上学。爸妈表示："我们恨不得赶紧把你送进学校去，省得你在家里狗乱，可是，人家学校今年年龄最小的，也要收到属猴的，不收属鸡的。"我执拗地宣布："我从现在开始属猴了！"他们不搭理我，我继续闹，天天闹，闹着要属猴，闹着要上学。结果，大人实在被闹烦了，把我打了一顿："我让你属猴！我让你属猴！我让你属猴……"就这样，我学没上成，还挨了一顿揍。

终于又熬了一年，熬到麦子又灌浆了、抽穗了，要收割了，小学总算又开始入学报名了。可是爸妈打听了一下，今年学校仍然不收像我这样的，我在属鸡的里面，是生日最小的，年底12月出生的，按照教育局规定，仍然不够年龄。

爸妈向我这样解释："人家学校今年确实是最小收到属鸡的，但这些属鸡的小孩，必须是从鸡头到鸡翅膀上的小孩，不收鸡屁股和鸡尾巴上的小孩！你一个鸡尾巴闹腾什么……你再等上一年吧，跟属狗的小孩一起入学！"

我的天哪，一听就是在糊弄我，让我永远上不了学。那一刻我很绝望，决定豁出去，在地上打滚。我真的穿着我妈刚进城给我买来的一身人造棉的花连衣裙，躺在了地上，来回侧翻着，还快速蹬着腿，把地面上的沙砾、尘土、煤屑都成功地裹沾到了自己身上，同时嘴里哭喊着："我不想等到跟属狗的一起上学……"

我一边打滚，一边等待着大人的拳脚加到我身上。这次我决定坚决不屈服，打死我，我也不服。东风吹，战鼓擂，这个世界上谁怕谁。可是我等了好久，空气中也没有丝毫拳脚的动静，我倒有些纳闷了。爸妈嘀咕了好一会儿，最后决定带着我去见爸爸的好朋友——核桃树小学的校长——马士泉，去"走后门"。

仲宫镇上有两所小学，一所在镇南面，叫栗子树小学；另一所在镇北面，叫核桃树小学——核桃树小学离我家更近。栗子树和核桃树，是仲宫附近山里最常见的两个经济树种。工农兵学商，农林牧副渔，这些天天挂在嘴上的说法，里面肯定也包含了栗子树和核桃树。

核桃树小学在镇北面的一个小山坡上，在朝向镇上主干柏油马路的这一边，也就是在山坡下边，是农村合作社和派出所。而在临靠着小山的另一面——也就是校园围墙的后面——是一大片玉米地，玉米地再往上一些，据说在路边悬崖的下方，有一个抗日战争时期的万人坑，常有白骨露出。

核桃树小学校园里，有好几棵大核桃树，当然不是只有核桃树，还有白杨树、柳树、合欢树。灰砖青石的教室坐北朝南，按东西方向连排在一起，排成了一长溜。校长办公室就在最东头的那一间。

我认出了马士泉校长。他家住在仲宫老石板街的街里。我爸爸经常跟他一起喝酒，一喝就喝到后半夜，害得我和妈妈不止一次结伴出去找他，我们娘俩儿走在黑咕隆咚的仲宫镇街头，马士泉家及其周边是需要重点考察的地带。有一次，我们走着走着，猛然发现了爸爸，他正和马校长一起并排躺倒在马路牙子上，在广袤的夜空下，仰着脸，数星星。还有一次，我们在石板老街的外面，在一条干旱的水沟里发现了爸爸，他一个人躺在那里睡着了，手里握着一只半死不活的黑色大鸟——不知是乌鸦还是别的什么鸟。他醉醺醺地说那是历城一中他的学生送给他的礼物。我爸爸和马校长，一高兴了，就在一起喝酒，一不高兴了，也在一起喝酒。在我的印象里，我爸爸总是在高兴和不高兴之间来回切换，没有中间状态和其他状态，所以，他总是在喝酒，好在有酿酒厂的仲宫镇是不缺酒的，我家也不缺酒。

马士泉校长拿出了高粱饴和虾酥糖。我爸爸用手拨弄了我一下，对我进行了暗示，我马上心领神会，说出一句早就在家背熟了的套话：“谢谢伯伯，我不吃，我家里有。”

马校长决定考考我，考中了，就收下我，考不中呢，就只好让我待明年跟属狗的一起来。

考题是“写一写阿拉伯数字，从1开始往下写，看看能写到多少”。

我爬上了马校长办公桌前的椅子，够到桌上的墨水瓶，从瓶子里拿起了插在里面的蘸水笔——细长的塑料柄顶端有一个金属笔尖，像刀枪，像匕首，没有笔囊，笔尖内侧凹下去的位置只可一次蘸上一两滴墨水。我趴在一叠红横格信纸上用那支笔写了起来。桌子上有一块玻璃板，玻璃板底下压着一张《沙家浜》剧照。我还没开始写呢，就把整整一大滴蓝墨水弄到了纸上。撕去那张纸，我重新蘸了墨水，在下一页新纸上再写，又不小心把纸戳出来一个小洞，终于还是把蓝墨水弄到了信纸外面，涂抹到了玻璃板上，弄了胡传魁一脸。

我终于开始写了。写着写着，就没墨水了，要不断地到那瓶子里去蘸一下，再来写。我写字很用力。我并没按马校长说的从“1”开始写，而是自作主张从“0”开始往下写。我认为马校长不该忘了0，0也是一个数字啊。

0、1、2、3、4、5、6、7、8、9、10、11、12、13、14……

马校长说：“停——，可以啦，很可以啦。”

我被叫停之后，站在一旁的我爸命令我赶快找出手绢来擦脸，这时我才发现，我已经把蓝墨水写到脸蛋上和脖子后面去了。

马校长问我能写多少数字，我充满信心地表示："我可以写到一百，写到一千、一万，写到十万、一百万、一千万，写到一亿……写到一菠萝一担！""一菠萝一担"这个习惯俗语，在仲宫镇的小孩子里相当流行，是表示"非常多、无限多、没有穷尽"的意思。

校长被"一菠萝一担"吓得连连点头，表示信服，立即批准了我入学。

就这样，我终于成了一名小学生，背着我妈给我缝制的四四方方的花布书包，走在了上学的路上。

音 乐 课

教一年级音乐课的老师叫扈春花。

扈春花老师像她的名字一样漂亮。她一边踩着风琴一边教我们唱“小鸟在前面带路，风啊吹向我们……”我很崇拜她，唱歌唱得特别卖力。有一次唱《路边有颗螺丝帽》时，我唱得过于卖力，以至于唱到“弟弟上学看见了”时，把最末的那个“了”字拖长腔拖得很长，以至于拖过了头，在全班同学歌声停顿的间隙里，突然出现了我那还没有结束的长腔，引得大家哄笑。没想到扈春花老师严肃地批评了大家：“你们笑什么笑，全班只有她一个人唱对了，这个字的尾音你们拖的节拍都不够。”

我多么崇拜扈春花老师啊，连她的的确良衬衣一起崇拜着。每次上音乐课之前，我都要抢着跑到办公室里去抬琴。

那是一架脚踏式风琴，四五个小孩一人抬一个角，抬着庞大的风琴像抬着一副棺木，缓缓地歪歪扭扭地向前走。我们把风琴隆重地放在讲台上，等着扈老师来上课。琴箱下方有一对脚踏板，可以通过踩踏它们鼓动起风来，送风入琴，同时双手配合着在琴键上弹奏，发出音乐。有一次，把风琴放下之后，我小心翼翼地打开了琴盖，看见了黑白键，看见了琴箱上描画着的两只彩色凤凰——脸对着脸，展翅飞翔。两只相对的凤凰脑袋之间有“注册商标”字样，写着“双凤”和“上海钢琴厂”。

可是，我对扈老师的崇拜在某一天大打折扣以至于消失了。有一次课间活动刚刚结束，已经打过上课铃了，我才忽然想起，我光忙着跳皮筋了，该去上厕所却一直憋着没来得及去，于是冲向厕所。女厕所里面被一堵半截墙隔成了两部分，外面是学生用的一个个茅坑，空间很大，而老师专用的很少的茅坑则躲在了墙那边，像个私密的小耳房，以示师道尊严。现在厕所里一个人也没有，连臭味都静悄悄的，我对墙那边充满好奇，于是决定偷偷地用老师的茅坑上一次厕所，感受一下到底与这边的学生茅坑有何不同。我把脚步放慢放轻，充满尊敬地走了进去。天，扈老师在那里，她朝着我点头微笑，可是我笑不出来，从我站立的角度，恰好能清清楚楚地看见敬爱的扈老师正在拉屎！我什么招呼也没打，赶紧把头缩了回去，忘了我来厕所是做什么的，又憋着尿一溜烟跑了出去。我跑回教室，大家已经开始上课了，我在门口喊了“报告——”，进去一屁股栽到了座位上。我悄悄对同位说：“扈老师还拉屎呢，我亲眼看见的。”从那天起，我对扈老师的崇拜就没有了。

全校要举行歌咏比赛。于是我们班级开始练习合唱。结果，我总是自己唱自己的，我个人的那个调子总是从全班同学整齐划一的调子里冷不丁地冒出来。没办法，扈老师和班主任蓝老师二人经过商议，为了班集体的荣誉，决定把我从合唱队伍里给揪出来——我若在里面，本班级肯定得不了奖。到了在操场上举行全校歌咏比赛那天，轮到我们班时，大家都上台了，只有我一个人坐在下面，坐在我爸爸给我打制的那个晃晃悠悠的小板凳上。男同学都穿了白衬衫蓝裤子，女同学都穿了白上衣黑裙子，无论男生女生，都外加一双白球鞋——鞋面擦了白色鞋粉，找不到鞋粉的，就用白粉笔当替代品……这套演出行头，有的是同学自己的，有的是四处借来的。班长宫春华长了一副又红又专的模样，她站在全班同学面前，打拍子，领唱，很神气。我一个人孤零零地坐在下面，看着台上的同学们，这时候，屁股底下本来就不结实的板凳有一条腿忽然歪了，我从凳子上滚下来，坐在了地上。我忽然想哭，都赖我爸爸给我打制了这么一个破烂板凳！

全班同学正在台上高声合唱《友谊花开万里香》，那曲调和歌词越是喜乐，越烘托出独自坐在台下的我的难堪。那欢快的旋律像在催促着我一定要哭出声来：“美丽的鲜花在开放，在开放，朋友们啊来自远方，来自远方。亚非拉朋友手挽手，友谊的歌儿高声唱，高声唱。火红的太阳放光芒，放光芒，朋友们啊欢聚一堂，欢聚一堂。小小银球连四海，友谊的花开万里香，万里香……”

过了一阵子，学校又要举行文艺会演。老师终于又另外给了我一个机会。

扈老师和蓝老师决定让我参加表演唱的节目。在这个节目里，指定其他登台的同学张口唱歌，不需要我张口，只需要我配合歌声做出一些表演性的动作。

一个《唱支山歌》的节目，其中有一个重要动作是表达热爱，做一个突然转身的姿势，右胳膊高于左胳膊，两只胳膊同时举起，扭过头去，向上仰望，这个动作我做得不错。另一个关键动作是表达仇恨，具体来说，要做出“夺过鞭子揍敌人”之姿，得举起右手，将虚拟中的那根鞭子在半空中一抡，紧接着又甩到地上去，同时整个身体前倾，眼睛望向地面……这个动作，我做了很多次，两位参与指导的老师都嫌不到位，嫌我的体态不够坚定，嫌我的表情不够咬牙切齿，嫌我甩鞭子的力度太小了。后来，扈老师急了，使劲诱导我：“你要想想家里老一代人的悲惨生活，想想他们在旧社会所受的压迫！”我试了又试，可还是演不好，演不像，而且越演越不对劲了，不像是要去揍人，倒像是等着挨揍。扈老师耐心地问我：“你没听家里老辈人忆苦思甜么？你家里是什么出身成分？”我愣住了，支支吾吾了一会儿，还是老老实实地回答：“地主。”说完这两个字，我羞愧难当，眼泪流了出来，接下来放声大哭。

最后，扈老师和蓝老师商量着让我改换节目，去参演另一组表演唱，那里面的中心句子是“打倒四人帮，人民喜洋洋”。结果，我一上来就把“喜洋洋”的动作和表情做得挺到位，腿脚来回交错，蹦蹦跳跳，同时把两手五指伸开来，手心朝前，在两颊附近来回挓挲着，摇头晃脑，嘴角上翘……老师们很满意我的表演，我终于过关了。看来，我比较适合表演喜洋洋。待到真正登台那天，我妈给我穿了一件白上衣和一条黄绿花的府绸短裙，还有我姥爷给我买的一双牛鼻子皮鞋。我上台之后，成了人来疯，超水平发挥，表演获得巨大成功。演完戏之后，我获得了一个外号，就叫“喜洋洋”。从那以后，我时不时地都会做出那个富有标志性的“喜洋洋”动作与表情。

石板老街

一

我踢踏着小石子，走在上学的路上，书包带子长长地斜挎在肩上，包耷拉在腚后头，脸上似乎总是抹着一块灰。

刚刚放映了一部印度老电影《流浪者》，一夜之间，人人都会唱里面的主题歌了，每当走出家门，我就开始小声哼唱这首歌子，即使不哼出声来，在心里也流淌着那旋律："阿巴拉古，呜——阿巴拉古，呜——""到处流浪，呜——到处流浪。"等把这两句哼上二十来遍，就从家门口走到仲宫老街来了。我从东边一侧小路直插进石板老街中间的位置，接下来，左拐弯，由北向南，走在了老旧光滑的石板路上……这时候，我终于将下面其他的词句也哼了出来：“命运伴我奔向远方，奔向远方，到处流浪，孤苦伶仃，露宿街巷……我和任何人都没来往，都没来往……”

仲宫镇在古代是一个比较大的驿站。仲宫镇在两千年前还出过一个名人，被写到史书里去了。至于这条石板街最早修建于何年何月，谁也说不上来，现在看来它至少也得有二三百年了吧。它是由青石板铺成的，十二条长方形石板从左到右地横排开来，每块约有六十公分宽，南北得有三华里长。这条古代留下来的宽宽长长的南北大街，是人挑马拉时代的交通要道，同时也属于这个镇子的商业和居住的核心地带，而自从又在旁边修了那条穿过仲宫镇的柏油马路，这条青石板街就不再作为交通主路来使用了，但它仍然重要，还是仲宫镇上最重要的——其实还是唯一的——步行街和商业街。

这条南北走向的石板主街，两旁有很多属于国营的或属于大集体的店铺，以及很多垂直于主街的东西走向的小胡同。小胡同是从主街分了岔出去的，里面住了一户户人家，仲宫镇的人管这些胡同叫作“囫囵道”。我们年级后来搬至的那座四合院——核桃树小学分部，就位于其中这样一个小胡同的里面。仲宫老街区的这种结构很像那个汉字“非”字，还像一只长了很多只细脚的蜈蚣——仲宫镇的人管这种百足虫子叫蚰蜒。

二

刚拐上石板老街，遇到的第一家店铺是肉铺。我妈偶尔会派我独自来这里买猪肉，我已经知道了一市斤等于五百克，一斤生猪肉统一价格，卖七角一分。肉铺里的柜台是水泥柜台，油渍渍地发出灰黑的光芒，比我略高，大家正围在那里喊着："要肥的——要肥的——"我从人缝里钻了过去，踮起脚尖来，费力地把手心里攥着的钱举过头顶，递给售货员道："称三斤瘦肉，我妈说了，一点儿肥的也不要。"我的话立刻在人群里引起了一阵骚动。大家都尽量地想买到肥肉，买回去一举两得或一举三得。肥肉可以炼油，猪油冷却成白块状并储存起来，用来炒菜，一下子解决了吃油问题，而炼油之后剩下来的那些油渣，可以跟蔬菜一起炒着吃，也可以剁碎了，拌成馅子，包水饺和大包子……而现在忽然来了个傻子，口口声声只要瘦肉而不要肥肉。大家都把目光投到我这里来，看看这个傻子究竟长了副什么模样，原来是个小孩子在传达她妈妈的意见，可见她妈也是个傻子。生猪肉切下来称好之后，用棕色的油纸包起来，递了过来。生猪肉的肌理一般会形成大理石纹路或者雪花纹路，散发着金属味、土味和血腥味，包过生肉的那张油纸就渗透并散发出这样的气味。

肉铺对面是照相馆。我在里面照过几次照片，在它的内室里，高高地支撑着一个木头箱子样式的照相机，地面上凸凹不平，还有小坑，墙面有白色的背景幕布，还有南京长江大桥背景的幕布——很多仲宫镇的人就这样在自己的家门口去了一趟南京长江大桥。照相馆的外观很老旧，灰瓦屋檐上长着草，有一个像窑洞那样的拱形门，旁边有一个同样拱形的橱窗，里面展览着一组照片，其中就有张红心的那张没牙豁子的经典照——照片被放得很大，人工上了色，脸蛋和嘴唇都红红的，蝴蝶结是鹅黄色。每次从照相馆门前走过时，我都要跟张红心对视一下，对她说一声“嘿——”。她那张圆而鼓的大脸盘让我想起“欣欣向荣”“蒸蒸日上”“旭日东升”这样一些词语。跟她相比，我的尖下巴的小脸显得过于贫寒了，几乎是在给社会和时代抹黑。张红心因这张照片而成为仲宫镇上的小明星，人人都认得她。相比石头大院和核桃树小学里的那个张红心，我其实更愿意见到橱窗里的这个张红心。

再往前走，就到了供销社附近，那里有仲宫镇上唯一一家百货商店和唯一一家副食品店。我有一个陶瓷小猪存钱罐，里面永远存不住钱，小猪肚子里总是空的，我一有几个小零钱，就赶紧拿着跑到这两个店里去花掉。我妈说：“你是不是觉得把钱存在手里，钱会咬了手?”

百货商店是一个有着红色坡形屋顶和绿色侧镶边的仿苏式建筑，屋顶的侧面则做了店铺门脸的最上面部分，于是大门上方恰好就顶着一个正三角形，在三角形的中央有一个大大的红色五角星。那颗红星是立体的，很耀眼，把商店的门面都给照亮了，把半条石板老街也照亮了。百货商店门口永远坐着一个半疯半傻的男人，衣裳破烂，头发飞扬。他一见我就问同样的问题："你见过火车吗？听说很长很长的，它是趴着走还是站着走？"在我的印象里，每个镇子或者村子里都会不多不少地分配上一个——最多不超过两个——"潮巴"。仲宫镇的人管精神不健全的人或者智力有问题的人叫作"潮巴"。我每次都想回答他那个关于火车的简单问题，可是又觉得跟他讲不清楚。

进到百货商店，玻璃柜台那被漆成黄白色的木框架上也间隔地镶着红色五角星。我会专门跑到卖文具的那个角落，对着柜台里面的转笔刀、香橡皮和十二色蜡笔看来看去。我盯着那些五颜六色的香橡皮最久，它们的软糯质地以及甜兮兮香迷迷的气息吸引着我，我像蚂蚁遇到了糖稀。有时候我什么也不买，只在店里看别人买东西卖东西。比如，在布匹柜台，售货员帮着把布选好了量好了裁好了，把收了的钱和布票圈成一小捆，夹进一个悬空的铁夹子上去，再把铁夹子顺着架设好的铁丝狠命地用力一推，让它隔空滑到收款台那边去，收款台的会计在处理好了之后，再把找零和发票重新用夹子夹好，用力那么一甩，夹子又顺着那根铁丝滑回了布匹柜台……就这样，全商店每一个柜台都有一条这样的铁丝在空中进行着连接，从四面八方朝着唯一的收款台汇集而去。收款台比所有柜台都高出一些，于是这些铁丝略有倾斜，呈放射状分布于头顶的半空中。头顶上不时传来"唰——唰——唰——"的声音，听上去，很帅。

与百货商店紧邻的是副食品店，这是一溜青瓦灰檐的铺子，是中式老建筑，这里面卖烟酒糖茶和油盐酱醋。里面有桃酥，有白糖和红糖，有水果糖和奶糖，还有这样那样的水果罐头。我妈每个月在那里排队抢购奶粉和炼乳。我对卖桃酥的情景印象深刻。女店员捏起一个长长的竹夹子，从柜台里面的金属容器里小心地夹出桃酥来，一块块地放到事先于水泥柜台桌面上铺好了的浅棕色点心包装纸上，四块一摞，摆成四摞，让它们排列成为一个正方体，又依着桃酥组合出来的形状把那包装纸给折出印痕，顺着印痕把那纸折好了包严实了，最后用棕色纸绳来交缠着系好。那纸绳末端故意留出长长的一大截来，可以挽成一个环扣，套在手指上，这样就可以提着那桃酥走在路上了。走亲戚串门，很有样子，很神气。我觉得里面穿白色工作罩衫的女店员很幸福，可以随时吃大白兔奶糖和桃酥。每当我路过这个副食品店，都会突发长大后到这里来当售货员的念头，可以一边卖一边偷吃，我妈说：“你要当售货员，就得让你去卖敌敌畏。”

副食品店的对面，是同样的青瓦灰檐的铺子，门头上写“工农兵饭店”，再往上有大字语录。在我的印象里，里面吃饭的人总是不怎么多。每次从工农兵饭店那空荡荡的门口走过，看到用清水洗尘的石头台阶，我都感到那个门口是一个大张着嘴的饥饿的门口。

从饭店再往南去，是镇上唯一的理发店。一进门口有一张排椅，上面按先来后到的次序坐着寥寥几个人。室内有一块斑驳的大镜片和一个不大的陶瓷水池子，地面中央安放着一张铸铁的转椅——主体被漆成了白色，而圆形皮革椅面是黑色的，这个椅子可以升降并可以调整仰角。我爸爸从来不到这里来理发，我妈在家里拿着剃头推子和花式剪子亲自给他理发。我妈摆弄着我爸爸的脑袋，像在修理地球，偶尔会不小心把耳朵根给弄出血来。

三

经过了理发店，又要走过新华书店。

我在新华书店刚刚买过两册《动脑筋爷爷》，是带彩色插画的书。书里面有两个六岁小孩，小女孩叫小问号，穿着粉嫩的蓬蓬裙，小男孩叫小天真，穿着蓝褂绿裤。小问号天天好奇地提一些这样那样的问题，小天真总是想当然地做出判断，接下来有一个戴眼镜的白头发的动脑筋爷爷就来纠正了，他会说出正确答案，同时还教一些科学知识，像“松树柏树为什么不落叶”“萤火虫为什么会发光”“太空中有没有四季”“鱼睡觉吗”“为什么树干和树枝都是圆的”“为什么鹅要咬人”……老爷爷无所不知。买书的钱，是我卖牙膏皮挣来的钱。书挺贵的，一本要两角九分钱，几乎需要卖十个牙膏皮。两本书就是二十个牙膏皮——牙膏皮需要四处去寻找去捡拾，还需要把自己家里的牙膏尽快地使用完并且换新。自从我换牙以后，我们家的牙膏用得特别快，我没事找事地去刷牙，每次都尽可能多地挤出一些牙膏来，忍着轻微的涩和辣去挥霍牙膏。一番苦心，都是为了尽快地把那管牙膏用完，得到一个牙膏皮。

接下来不久，新华书店里又出现了另外一本书，叫《小灵通漫游未来》。封面封底都是凝重的黑色，隐约浮现着火箭升天和方脑袋机器人的背景。封面上的突出图案正是主人公小灵通，他是一个圆脑袋大耳朵的男孩，穿蓝外套，并透出里面衬衣的小白翻领，胸前挂着象征记者职业的照相机。我手里已经无钱买书了，只好成天价往书店里面跑。我隔着柜台对店员说："能拿那本小灵通来给我看看吗？"拿过书来，我飞快地翻看着，里面有很多线描插图，说的是小灵通到未来市采访的经历。我每次才看了一丁点儿，书就被店员夺回去了。我第二天还会再去，再去时，若恰好遇到店员轮流值班，换成了其他人，我就再次提出相同要求。就这样陆陆续续地把这本书也读了不少。小灵通在小虎子和小燕的陪伴下，坐上了水滴形状的飘行车，这样的车永远不会造成交通拥堵；他们一起参观了人造粮食厂，不光有人造粮食，还有人造蛋和人造肉；西瓜的切面可以有一个圆桌那么大；天太热了，家人就坐上火箭，到月亮上去避暑；人体哪个部位生病了，就换上一个人造器官；无论人与人相隔多远，随时随地都可以打通电视电话，通过荧光屏幕来对话和见面……天哪，这就是2000年的样子吗？简直像梦一样啊，多么美好的梦啊。终于有一天，紧跟时代步伐的蓝老师向全班同学提了一个看起来挺时髦的问题："同学们，你们中间，有谁读过《小灵通漫游未来》这本书？"我骄傲地把手举了起来，全班同学只有我一个人举起了手。

过了新华书店，继续南行，路东是一家机器磨坊，路西是农技站。接下来再沿着石板老街走上一小段，就能看见路西那个能进入四合院校园的小胡同了——学校突然扩招，校舍不够用了，我们上三年级之后，就搬迁到了核桃树小学的临时分部。

四

如果从我家里出来，从东边进入仲宫老街区，直插进石板老街的中间位置之后，接下来并不去上学，不往南走，而是右拐弯，往北去，一直走到石板老街的最北头，那么，就到了石板老街与后来修的柏油路斜斜地相交叉着的位置。在那个老街与新路的交叉地带，有汽车站和国营旅馆。

汽车站是一个大院子，有两个大门，一个门进车，一个门出车，来往省城和仲宫镇的近郊公共汽车都停留在那里。那些公共汽车的车身是亮红色与乳白色相间的，车顶四角都呈弧形，这使得它们看上去似乎有一个圆乎乎的脑袋，在它们的正面正中央有一个用于散热的整片四方格栅和两个白色圆车灯，看上去很神气。候车室很大，门是墨绿色的，里面有很多墨绿色的排椅。售票窗口的栏杆和上车排队的隔离栅也是墨绿色的。我妈带我进省城，路途颠簸，汽车几乎是在陡峭直立的山路上悬吊着翻过了一道道岭，我们娘俩儿一起晕车呕吐，把车弄脏，下车时只好留下来给人家打扫车内卫生。每次在城里办完了事，都要去市中心最繁华的东方红商场，找到四海香食品店，上到二楼去，要上两大碗油茶，临窗坐在老式大方桌前慢慢地喝。我最恨喝黏糊糊的油茶，里面有万恶的青红丝，我妈喝完自己那一碗，再喝名义上给我点的那一碗。喝油茶是最后一个保留节目，喝完了就可以去坐车返回仲宫镇了。在仲宫镇汽车站下了车，又得给人家打扫车内卫生。汽车站是我喜欢的地方，我妈常常讲起幼儿时期的我，还不太能把话说清楚的时候，由我姥姥看着，天天闹着要去汽车站，姥姥只好抱着我，踮起一双三寸金莲，来到这个汽车站玩。在汽车站门口买了煮花生，我又闹着一定要坐到柏油马路中央去吃，我姥姥终于被我闹得当场犯了脑溢血，从此瘫痪在床，在我三岁时，她去世了……每当我妈讲起这件事，我都觉得自己有命案在身。

汽车站对面就是旅馆，那是供销社下属的一家国营旅馆，也是镇上唯一的旅馆。这幢楼是在我上学前一年才建起来的，是继酿酒厂酒精楼之后的全镇第二高楼，一个“品”字形建筑，中间部分有四层，两边部分有三层，正面那些黑色铁艺栅栏的凉台给这幢楼增添了一些神秘色彩。我有一个没出五服的小姨是那里的合同工，做服务员。有时我爸妈出差都不在家时，就把我托付给这个小姨，跟着她一起在旅馆里吃住上几天。小姨跟女同事一起住在旅馆的一个客房里，我去了就跟小姨同睡一张床。深冬时节，天亮得晚，早晨天还黑着呢，小姨就跟同事一起起床，去旅馆自带的伙房里打烧饼了，我若醒得早，也跟着她们一起去。那是一种吊炉烧饼，把发酵好的面团跟椒盐掺和在一起，用小刷子刷上油，进一步将油和面团和在一起，再挤压成圆饼状，啪——啪——啪——地甩在白铁皮案板上。最后，这些面饼被放进炉膛之中那一排排镂空的小抽屉里，被不停地拉开来进行翻烤，直到烤出棕色硬壳，渐渐就成了。这种烧饼刚出炉时特别好吃，外皮酥酥的，内芯软软的，纯粹的面香里夹带着椒盐的味道，不用就菜不用就咸菜，光空口吃就足够了。天刚蒙蒙亮，我背着书包从旅馆里出来，手里拿着一个吊炉烧饼，边吃边走，由北向南，沿着青石板老街去上学，去上早自习。石板上面有些许滑腻，大概是夜里下了霜或者水汽结了点儿薄冰，天上的月亮还在，正看着我吃烧饼。不知为什么冷空气让我特别欢喜，让我精神抖擞，忽然我听到半空中传来一个声音，不知是谁正在对我说话："你长大以后，很多年以后，还会想起这个早晨……"过了一会儿，我弄清楚了这个似乎来自半空中的声音，其实很可能来自我自己的身体，其实就是我自己的嗓音。

五

这条青石板老街上，有那么两三户人家，我算是常去的。

我经常去回族同学金平的家。金平的家其实是金平的姥姥姥爷家，金平的父母在省城工作，她跟着姥姥姥爷一起生活。她姥爷是镇上有名的中医，姥姥是一个爱笑的圆脸老太太。那是一个长满了花草的院落，种得最多的是珊瑚豆，绿枝子上结满了圆圆亮亮的红色浆果。进得堂屋，迎面可以看见几案上方的大座钟和卷轴山水画，几案上摆了瓷瓶，瓷瓶里插了鸡毛掸子。金平长得比我还矮小，娇生惯养，性格温和，但她偏偏喜欢跟我这样一个性情急躁的人一起玩。一放学，她就发出邀请："路小路，去我家吧！"于是我们俩就手拉着手，在石板老街上呼呼地跑了起来。

我还经常去小脆脆家，她家住在石板老街的最南头，住在从街里租来的几间房子里，那里离县一中比较近。小脆脆的妈妈跟我爸爸是县一中的同事，都在数学教研组。小脆脆有妈妈和三个哥哥，却没有爸爸。我爸妈嘱咐我，不许在小脆脆面前提到"爸爸"这两个字眼。据说小脆脆自从生下来，就不曾见过自己的爸爸，她的爸爸是一个作家，进了监狱，小脆脆的妈妈为了四个孩子的前途着想，千方百计跟正在服刑的丈夫办理了离婚手续，并让孩子们与他断绝了关系。小脆脆比我大四岁，我去她家时，总是见她一个人坐在高低床的上铺拉小提琴。我爬到上铺去，跟她一起坐着，看她拉琴，我叫她“小脆脆姐姐”。为了避免在小脆脆面前提到“爸爸”这两个字眼，我连自己的爸爸也坚决不提了，“爸爸”这个词，在这个家里，是地雷。可是越是这样小心翼翼，越觉得小脆脆的那个作家爸爸其实无处不在，空气里有一个不知源于何处的声音，正在不断地念叨着“爸爸，爸爸，爸爸……”。这个声音像一个小木锤儿在不断地敲击着我的脑壳，这让我很是烦恼，担心什么时候自己嘴里会不小心自动地冒出“爸爸”这个词来。小脆脆一天到晚总是抱着她的小提琴，她拉出的琴声，在我听来，一声声，都是在询问：“我的爸爸在哪里?”

我经常路过“李二嫂”家。我并不进去，只是站在那个门口，观看人到中年的“李二嫂”骂人。她倚着自家大门，仰着脖子，冲着石板老街，声势浩大地开骂。据说闻名全国的小说和吕剧电影《李二嫂改嫁》就是以这个人为原型来写的。写这个故事的作家当年曾经在“李二嫂”年轻时居住的那个隶属仲宫镇的山村里当过驻村干部。这个女人叫什么，我不知道，反正大家都在背地里叫她“李二嫂”。如果有人称呼她“李二嫂”，被她听到了，那她必定要开骂。当然也有更大胆的，不怕挨骂，走到她家门口时，直接挑衅地高声吼上一段吕剧《李二嫂改嫁》选段：“我和那六兄弟，性情相近。看起来他倒可配我终身……”被惹急了的“李二嫂”会忽然从院子里冲出来，一边大声诅咒，骂着极难听的话，一边朝当街直截了当地泼上一盆脏水。

六

夏天的时候，好多同学都光着脚丫子去上学。光脚板走在仲宫街上，走在那光滑的老石板路上，啪嗒啪嗒地很好听，连声音也是凉快的。我夏天光脚穿一双淡蓝色的塑料凉鞋，有奶糖的质地和色泽。秋风凉了时，我妈就把牛皮鞋找了出来，这还是姥爷为庆祝我上学时买的那一双。我穿它的次数不多，它看上去还像是一双新鞋子，尤其是重新擦了鞋油之后，乌黑黑，锃锃亮，穿着上学去，走在石板路上，咔、咔、咔。

核桃树小学的孩子们都管皮鞋叫“皮嘎”，小皮嘎就是小皮鞋。

有一天黄昏我放学回家，由石板街向东拐到张家胡同里去了，这是一条小胡同，这样走似乎比走前面那条大胡同回家稍微近一些。我走到张家胡同的中段时，忽然从两边门洞里同时窜出来一些影子，总共有七八个吧，朝我直扑过来，一个个拳头此起彼伏地朝我身上落了下来，我听见他们在说：“让她穿小皮嘎，让她穿小皮嘎……”我自己差点儿都忘了我脚上穿的是什么鞋子了，被一群或穿鞋或光脚丫的同龄小男孩猛打。我弯着腰抱着头，还是看到了带头的那两个正是我的同班同学张志壮和张志军。这些小男孩全都姓张，名字中间都有一个“志”字，全都住在这个小胡同里，全都沾亲带故。他们有一个共同的老爷爷老奶奶或者老老爷爷老老奶奶。

拳头在我身上怒放成一簇簇鲜花，我全身的血肉都用来供养这样的花朵，花朵绚烂，由绯红至青紫。我久久无法抬起头来，偶尔在拳头抬起和落下的那个空隙里，我得以仰起头和喘口气，歇一下，瞥见胡同上方那道狭窄的天空是倾斜着的长条形，仿佛整个镇子在这个地方被豁开了一道口子，那上面有一朵灰色的云，有着跟人一样的五官，正在狞笑。

为了不让路人看见，他们又把我拖到一个门洞里面去打。我倒在地上时，他们又拿脚踢我的头，我无法看到他们的脸了，只能看见他们的一只只脚。在那些穿了鞋的脚里面，其中踢得最凶狠的那只脚上穿着已绽出破洞的解放鞋，黑色橡胶鞋底有着轮胎纹路般的图案，至于其余的那些脚上，穿的基本上都是手工纳线鞋底的黑帮布鞋……那些脚踢过来时，好像我的头是一只皮球，是一个西瓜，同时我的身上又被吐上了唾沫，口水跟泥土混在了一起。我开始头晕，感到身体下面的地球成了一只被抽打着的陀螺在加速向前，又有万千只蜜蜂在我脑袋里嗡嗡嗡地飞，接下来我还看见了一只万花筒，那里面有浩渺的星空，有盘旋的宇宙。

我没有哭。不知道为什么，我就是不哭。我觉得我一哭就完了，我只要一哭，心里一个绷着的什么东西就会断裂。我把在眼眶里打转的泪水使劲地憋了回去。这一憋可能就要憋一辈子……

他们终于打累了，放我走。

他们把我打得一下子明白了：你只要跟大多数人不一样，

就要挨打。可是，我立刻又想到了一个叫咸娟的同班女同学，她同样也穿了小皮嘎，他们却不会打她，还对她尊敬有加，这是为什么呢？我立刻又替打我的人想出了一个正当理由：咸娟的爸爸是部队的军官，而我的爸爸只是一个教书的，是臭老九……从来就没有什么人告诉过我这个理由，但是空气中明摆着这个理由。

我到家后，把皮鞋一扔，决定从明天起，不穿鞋不穿袜，脚上什么也不穿，光脚板去上学。我小心地掩盖着身上的伤，不让爸妈知道我挨打的事。第二天，我真的啪嗒啪嗒地光脚板走在了老石板路上，秋风凉了，凉意通过石板渗透进了脚心。就这样光脚上了三天学，我开始发高烧了，扁桃体发炎。

两 间 半

如今，从济南出发，沿着老胶济铁路线大致方向由西往东去，无论乘坐K打头的绿皮车，还是乘坐D或G打头的动车，都会在运行五十几分钟或者接近两个小时后，看到一簇簇露天分布着的巨大的化工机械装置。有那么一两只火炬永不熄灭，铅灰色的油罐和各种型号的管道高低错落，据说在地下还有输油管连接着海边的大油田……这是一座由五十多个分厂和分部组成的特大型中央直属企业，坐落在鲁中平原上，南北向，东西向，各自绵延了二十公里。

在这一大片区域，有那么一段胶济线铁轨，恰好与这个企业所属的某个公寓式生活小区紧紧相挨，火车几乎是擦着楼房的肩膀和额头在运行。每当乘坐火车经过这个地段时，我都会提前提醒自己，准备将目光北望，尽可能地把脸贴上车窗望出去，隔着一大片树篱，透过缝隙，去瞅最前排的楼房，搜寻某幢楼最西边单元的三楼窗口和凉台，离得挺近的，有时可辨别出窗帘的花色，以及晾晒的衣裳的款式。

那是一幢建于20世纪70年代末期的总共四层的单元楼，尽管后来的外部包裹和外层粉刷遮挡了它原先的青灰色水泥以及时光老旧之感，我还是能够找出它来。我看见了那个窗口那个凉台。“两间半！”我在心里说。

那是1980年的窗口和凉台。

是的，有一个正在上小学四年级或五年级的小姑娘，倚着凉台水泥栏杆，正向着车窗里的我挥手，她的脖子里用粗线绳拴挂着一枚家中房门的钥匙。我们认出了彼此，就这样，在速度里，隔着一闪而过的火车窗玻璃，童年的我和中年的我，打了个招呼。至于紧挨凉台的东边窗户，似乎有一个四五岁的小男孩趴在那里，当火车开过来时，楼房共振摇晃，大地悸动，他立刻踩着床，爬到窗前来，眼睛一眨不眨地盯着正在驰过的火车，手里拿着笔和纸，画火车。他每天都在画火车，没完没了地画……他是我弟弟。

1980年的年初，我们全家五口人，住进了新房，我们平生第一次住楼房。

在这套房子里，除了卫生间、厨房、门厅和凉台，两个朝阳的大屋被当成两个整间，算“两间屋”，而那个面积小一些的背阴的屋子则只被算成是“半间屋”，合起来正好是“两间半”——当时这套房子的户型有一个专门的名称，就叫“两间半”，没错，并无“三室一厅”的叫法，官方正式叫法和图纸正式命名就是“两间半”。同理，一梯三户，我们家对门，户型叫“两间”，中间那家户型叫“一间半”，内部情形大致可知。在我们“两间半”的家里，那“两间屋”，一间屋住着爸爸和妈妈，另一间屋住着同样在上小学的妹妹和正上幼儿园的弟弟，至于那个“半间屋”，则由我这个小学高年级学生一人居住。

根据当时的政策，既要考虑家中人口数量，又要考虑给父亲落实待遇，综合各项指标，最终公家打算分给我们家两套房子，分别位于同一单元里的三楼和四楼，而父母商量了一下，以一家人分处在不同楼层不方便管理孩子为由，拒绝了四楼的那一套房，只要了三楼的这一套。我爸爸是这么说的：“管理三个孩子，等于使用两只手，将三个球不断地往空中抛扔并接住，必须眼疾手快地交换倒替，绝不能让任何一个球掉到地上……”

银灰色凹槽式壁挂暖气片里传出咕噜咕噜的声响，里面正在进行集中供暖的水循环。收音机里在放“每周一歌”，我妈妈一边擦着木头窗棂上的玻璃，一边跟着收音机唱起来：“你的身影，你的歌声，永远印在，我的心中，昨天虽已消失，分别难相逢，怎能忘记，你的一片深情……”过了一会儿，她又换了一首歌来唱，是电影《小花》里的插曲：“世上有朵美丽的花，那是青春吐芳华，铮铮硬骨绽花开，滴滴鲜血染红它，啊……绒花，绒花……啊……”爸爸正在用一个火钩子对付一个生猪头，空气中有动物皮毛被烧着的淡淡的焦煳气味——那是我们家唯一的一次自己把生猪头肉煮熟了来吃。父母新调来的这个单位，在下发的年货里，竟然有一整只的生猪头。爸爸终于把那个猪头放到了厨房的水泥灶台上，那里安放着煤气灶，旁边连接着一个——内部价格每罐六毛钱的液化石油气罐。我一直疑心，我父母正是为了这份六毛钱一罐的液化气的福利，才下定决心从省城调到这个企业来的。

我的个头比那个厨房灶台高不了多少，妹妹则比我还要矮一截，可是，在父母下班之前，早早放学回家的我们踩着小板凳，可以在那灶台边忙活，用一个两层两屉的大钢精锅，把一大锅大白馒头给蒸出来。有一次我产生了偷懒的想法，懒得在面板上一个一个地揉馒头，于是想出个聪明办法，直接将一大盆发酵好了的巨大面团倒进锅里去，堆放在铺了绒布的箅子上，还没忘用竹筷子把面团给戳上一个个的孔，让锅底的热气能传递上来……这样蒸熟了，再用手掰着或用刀切，不是同样可以吃么？我妈下班后，看了我蒸出来的那只巨型馒头，说："以后不许再这么干了！"

家里雇来了木工，忙了一些时日，打制了两个胖墩墩的单人沙发以及与其相配的橱柜和茶几。接下来，牡丹花色的茶盘和玻璃花瓶摆了上去，"半块砖"录音机也摆上了，都放在橱柜之上，而两个瓷质的熊猫形状干粉灭火器，则置于茶几旁，左右各一，像两个卫士。

爸妈虽然都在教育部门工作，但也能够跟着归属企业定期得到各种“劳保”用品：瓜皮棉袄、棕色翻毛皮鞋、帽子、手套、洗衣粉、肥皂……除此之外，秋天有成筐的国光苹果，夏天有冰糕票，另外企业还发放那种可以直接领购鱼类和排骨的副食品票……用这里内部人士的话来讲，就是除了孩子得自己生，其他的，全都由公家发。夏天发放的二三百张冰糕票买来的冰糕基本上够我们三个小孩吃了，都是这个企业下属的各厂自己制作的冰糕。我和妹妹会拎着专用的冰糕桶去领冰糕，有牛奶的，有豆沙的，无比纯正，比外面社会市场上的冰糕要好吃太多太多。

春天时，我在新家的凉台上围池造田，种上了两株一串红和一株灯笼椒，父母对我在公寓楼里大兴土木的行为，睁一只眼闭一只眼。冬天来了，妈妈在温暖的屋子里养起了蒜苗和白菜疙瘩，很快，蒜苗就绿绿的了，白菜疙瘩开出了簇簇小黄花儿。我种的花和菜，妈妈养的苗和花，它们全都用枝叶花瓣在说：这是多么好的一个家啊。

我在家里坚持说济南话，而一出家门，就说那种带着东北味的普通话——这可谓是这个石油化工系统的专属腔调。这里的人来自五湖四海，而一旦到了这里，全都改说这同一种腔调了，这个腔调与这个省份无关，更与这个鲁中城市无关。这里有自己内部相对独立的交通体系、商业体系、公安体系、医疗卫生体系、新闻体系，还有自己的教育体系，有十几所小学和中学，甚至还有一所大专院校。这里的人出门办事，一般都是直接去北京，有一部分人则得去日本——这里使用着全世界最先进的整套日本进口设备。这里的人有一种封闭而自足的优越感，除非是那种实在找不着对象的“困难户”，人们一般不会与本系统之外的“土著人士”通婚。

住进“两间半”之后不久，一部转盘拨号式电话机安装在了我的“半间屋”。为了防尘，机子上蒙着一块镂空的绣花布手巾。这个电话机只是一个象征，象征着我爸爸被单位高度重视了。在我记忆里，它几乎从来不响。如果只有你家里安装了电话，别人家都没有安装电话，那么你家里的电话铃就永远不会响起，你家实际上等于并没有电话。当然，也不能说这个电话机完全没有被使用过，我妈有两三次通过单位总机拨转，往我姥爷家那个遥远偏僻的村子里打过长途。村委会的那台黑色手摇电话机被拨通了，村委会值班的人让我们在这边电话机旁等着，不要扣，然后，他就去村里四处寻找我姥爷来听长途电话。后来，有一天，终于听说另一个跟我比较要好的同班女同学家里也安装了这种通过单位总机转接的内线电话，于是，放学后，我偶尔会给她打打电话，讨论一下家庭作业。同学的爸爸毕业于清华大学原子核物理系，由于不想去酒泉卫星发射基地，就辗转来到这里，在某个下属工厂当车间主任。

在我的“半间屋”里，一份份《中国少年报》被整整齐齐地叠起并用一个大夹子夹着，与三抽桌高度平齐，挂在旁边墙壁的钉子上。这份报纸是我自己从学校里订阅的。有一天下午自习课，班主任走进教室，问大家：“想订阅《中国少年报》的，请举手。”全班同学几乎全都齐刷刷地举起了手，而且比赛谁比谁举得更高。老师环顾全班，三秒钟后定睛在我身上，点了我的名字，允许我订阅，让第二天带钱来学校交上……不晓得为什么只有一个订阅名额，更不晓得老师为何就毫不犹豫地指定了我，而没有指定准备跳级的“神童”，反正我高兴无比，其他同学也没有反抗。教学楼的背面有一个游泳池，正面则是一个大操场，从教室四楼的窗口望出去，可以看见操场西头那间被当成放映室的小屋子，侧墙上挂了一块小黑板，预告着将要放映的露天电影。我记得有一天写的是《归心似箭》，还有一天写的是《待到满山红叶时》。在操场东头，在路边，有一个卖地瓜糖的老太太，地瓜糖每根是一个长条，每条上面又都有切印，将一条划分成十个小格子，若成条来卖，每条一毛钱，掰开来卖，一分钱一格。下课时我常跑过去买来吃，深棕色地瓜糖有丝丝苦甜之味，清醇悠远……这个校园并没有围墙，只是被高大的白杨树围绕着，把树当了围墙，从树枝缝隙里可以望见通往远处的小路，路面上全是阳光。

我爸爸在单位里帮我订阅了江苏少年儿童出版社的《少年文艺》双月刊。每次新刊到达，都是大喜的日子。1980年第三期上，刊登了小说《阿兔》，作者署名“赛波”，紧接着在第四期又刊登了一篇小说《小船，小船》，作者署名“黄蓓佳”……后来我才知道，“赛波”其实也是黄蓓佳，是她的一个笔名。这两篇作品在清新中透着忧郁，给我留下了极深的印象。我决定修改我那想当陈景润的理想，立志长大了要当作家。

我父母还用单位给的“订阅费”福利订阅了适合成人阅读的期刊，有《人民文学》《山东文艺》《连环画报》，还有一份合肥文联办的《希望》文学月刊——那时我当然并不知道，在九年以后，我的小说处女作就发表在了这个杂志上。其实我之所以把小说投给这个杂志，很大程度上是由于在我很小的时候，在家里经常看见它。

爸妈的床头上总是放着小说，大都是从单位图书馆借来的，有《茶花女》，有《野火春风斗古城》《钢铁是怎样炼成的》《这里的黎明静悄悄》，当然也有自己买来的刚出版的新书，比如，《老舍文集》，比如，三卷本的《飘》。《飘》的封面是镶嵌在一起的黑绿两色图案，占据整版封皮，打眼看上去似乎两缕风或者两枚树叶，定睛看去，则又像挨在一起的一男一女两张人脸。“你才多么大一丁点儿的人，就胆敢看这种小孩子不该看的书！”为了惩戒我并让我牢记，我爸逼我当场将那三本《飘》全都撕碎了，并逼着我亲自去将它们倒进垃圾箱。我边哭边撕，边撕边哭，把书横着撕，竖着撕，最后又在自己充满抗议的号啕之中，搬着一簸箕破碎的纸，去楼梯拐角处找垃圾箱……这就是发生在我们家的“焚书坑儒”事件。

不写作业的时候，我就在“半间屋”里自编一份文学杂志《文学少年》。我集主编、编辑、美编、作者于一身，用订书机把剪裁好的小二十四开白纸从侧面竖着装订成册，开始在里面摆弄文字和图画，有时用蜡笔上色……“你长大了，要当个编辑？还是算了吧，那不过是清水衙门！”我爸爸说：

“你记着，学好数理化，走遍天下都不怕!”

“你要好好读书，长大了，可不能当‘待业青年’!”我天天被大人们这样教育着。一提“待业青年”，我就想起楼下那家二十出头的女儿“小吴子”来，小吴子什么也不干，一天到晚打扮得花里胡哨，到外面去跟不知什么人鬼混，大家说起她时，全都讳莫如深，闪烁其词。这个女青年是我们那幢楼乃至整个生活小区的坏典型，是家长们为了鼓励孩子用功读书而常常提起来的反面教材。“待业青年”是一个很可怕的词语，它在人们心目中的实际意思，并不像它的字面上那么温和，表示正在等待着就业，现在暂时没有工作而将来要去工作，它的意思其实就是指几乎不会再有正经工作了，懒懒散散地在社会上混日子，穿着喇叭裤和蝙蝠衫，戴着蛤蟆镜，拎着录音机，听着靡靡之音，生活作风不检点……总之是一类被社会边缘化了的人，是社会不安定因素。

这年年底，电视上开始播放日本动画片《铁臂阿童木》了。于是，每天晚饭后，我们姐弟仨就搬着小马扎去同单元一楼西户的大老韩家去看电视。大老韩是这里某个下属厂区的管道技工，老婆在废品收购站工作。他们靠吃咸菜攒下钱来，买了本单元甚至本楼第一台黑白电视机。大老韩家的房门永远敞开着，门廊地板上的大铁盆里总是堆放着正在拾掇清洗的猪下货，他家随时欢迎生活区里所有的小孩去看电视，大家当然也就不客气啦。“越过辽阔天空，啦啦啦，飞向遥远群星，来吧，阿童木，爱科学的好少年……”片头音乐一响起，我的心就激动得怦怦怦要跳出来。

这年年底，有一个叫刘倩倩的中国大陆小男孩，在联合国教科文组织举办的诗歌大赛中获得金奖，他获奖的那首诗《你别问这是为什么》登在了《中国少年报》上。那首诗大意是，这个小男孩，这也不吃，那也不穿，这也不玩，那也不用，只是为了全都省下来，送给安徒生童话里那个卖火柴的小姐姐。我从这首诗里学习了一种“你别问这是为什么”的思维和语调，在作文里动不动也来上一段类似调调的文字。

我父母偶尔会一起犯迷糊，把房门钥匙落在家里，假如我的钥匙恰好也没有挂在脖子上，那一家人就进不了家了。有一天晚上，看完露天电影《苦恼人的笑》归来，发现谁也没带钥匙，进不去家，于是找大老韩帮忙。作为管道技工的大老韩竟还有飞檐走壁的本领，他把自己挂在夜晚的楼面后墙上，从四楼那家卫生间的小窗户出溜进了三楼我家的卫生间小窗户……但是接下来，还有一次，是中午，全家又都忘了带钥匙，而大老韩出差去了，没法帮忙，于是，大人们不得不商量出一个大胆的方案，决定用绳子把一个人的腰部圈拴起来，拽着绳子，把人放到四楼那家凉台的外面去，一点点地把绳子往下续放，一直把人续放到三楼我家的凉台上……妹妹弟弟还小，办不成事，而考虑到成年人身体太重并且体形过大，不够灵巧，于是这个伟大使命只能交给我了。我妈问我：“孩子，你行么？”我尽管紧张得浑身瘫软，还是咬着牙，点了点头。就这样，我被悬挂在了半空中，整幢楼上的各家凉台是上下齐平的，犹如一面直上直下的悬崖。我双腿发抖，脚心出汗，这时旁边正有一列火车飞驰而过，汽笛长鸣，我背对铁道，却尚能通过车轮轧过铁轨时的节奏来分辨出驶过的是一列绿皮客车。车厢里的人透过车窗，一定看见了一个小女孩正悬挂在半空中，只靠一根细绳索拴系着性命。就这样，临着万丈深渊，我扮成一个杂技演员，从四楼下滑到了三楼自家那个没有封起的露天阳台，身体被凉台上的晾衣铁丝给绊了一下，双脚挣扎着，蹬着凉台水泥栏杆的边沿，缓缓地进入了家中。我在半空中想，妈妈生了三个小孩，即使我这次没命了，她还是既有儿又有女。

那是1980年，那是一个晚秋的晌午。

当时，种在凉台上的一串红还在用最后的气力开放着，灯笼椒的枝头结着三个大大的果实，正等着去炒鸡蛋。

那个女孩在长大。

多年以后，有一天她读到了布罗茨基的散文《一个半房间》，吃了一惊，他写的是“一间半”！原来苏联时代的集体公寓竟也存在着类似的称呼，跟她小时候住过的“两间半”的空间解读是一模一样的。那大约是计划经济分配方式中的一种典型叫法吧。

四十年过去了，她乘坐着火车，又路过此地，把鼻尖贴在车窗玻璃上，看见了那个早已搬离易主的“两间半”的旧家。她又看见了那个凉台，看见了那个挂在半空中的自己，只有三十公斤的身体，悬在空中，飘在风里。

第二辑：细碎时光

我看中了这里的一幢房子，我想把它买下来，住进去，我每天都来看一眼这房子，看得次数越多，便越觉得它就是我的了。在这里，我可以打开窗子一眼就望见这条河，我愿像一只热爱汉字的蛀虫一样住在老旧的书页里，望见这美丽的书脊。

——《鲜花盛开的书脊》

《鲜花盛开的书脊》　　路画萌/绘

人去楼空的七月

这是一年中最绿的时候。每年这个时候总会有人一批批地远走，有的大概一生也不会再回到这里来了。这个月份的头几天还是热热闹闹的，若无其事的景象，可是从某天早晨开始就寂静下来了，跟突然遭了什么不测似的。这个月仿佛从来只过这么三五天，剩下的那些天数就不过了，让它们在日历上蝉蜕般空空荡荡地悬着。被法桐和国槐围起来的四角的天地像满载的卡车一下子卸空了那样，刚刚觉出一点点轻快，就感到了空虚。

阳光精神恍惚地照着，发出高压线那样嘶嘶嘶的微响，知了沙哑的叫嚷又压过了这细小的声音，像电钻一样驻扎在耳朵里。路面仰天长叹，无端地感到又美好又伤心，怎么没有纯棉的方格格裙摆从楼的那一角闪现出来了？怎么没有冒失的足球从铁栏杆的那边飞过来了？在所有路的尽头有一座石桥，它看上去瘦削了许多，大约是由于刚刚承受了过多的别离而显得有些不堪重负。白色桥栏缠缠绵绵，上面曾倚靠过多少生平最年轻岁月的身体，记下了多少恋爱故事呢？桥下的荒草已经高过了流水，上面飞着一大群蜻蜓。

最粗大的树低垂得最厉害，比任何月份里都显得矮。法桐就是这样被自己身体里的充盈压得低低的。甬路两旁的小叶黄杨灌木却发疯地长起来，想一夜之间就超过槭树和泡桐去。一棵不结果子的核桃树天天对着一棵樟树诉说老大徒伤悲的懊恼。鸢尾花像没有丝毫心理准备便失去了观众掌声的歌星，正强打精神把已唱了一半的那首歌唱完。石榴树上那些红红的花朵在骤雨初歇时只剩下了一朵，远远望去，宛若喜儿辫子上的头绳那般鲜艳。在最茂盛的枝叶间，静谧得听得见心跳，总是猜想在植物的身体内部一定隐藏了一些想法，会在最漫不经心时忽然喊叫出来。

午后开始有了一点儿风，风吹着树梢上方的电线，晃晃悠悠。两三只麻雀在平行的几根电线上驻足，拼出五线谱的图形来。风还吹着更高处一架飞机在天空中留下的白色雾线，雾线越来越淡了，与散漫的白云相混淆。飞机飞得不高，这个城市大约是它的目的地，它要去不远处的机场降落。不知那些坐在飞机上的人是不是俯瞰大地，正好看见了这园子里走在绿树丛中的我？我想对着天空问候，我要对那些坐在飞机上的人说：“你们好！”飞机使我想到这个世界无比辽阔，我在这无比辽阔的世界上偏居一隅。我爱着我这小小的一隅，我不爱别处，我爱这里，我只爱这里。

食堂和超市都关闭着，从大窗子望进去可以望到货架上零星的物品，它们像是已经沉睡，要睡到初秋，睡到大家都返回这里的时候，睡到有新的人到来的时候，再醒来。那幢我常去的白楼静悄悄的，从楼道最东头走到最西头，竟比平日长出来一倍还多。门是封着的，透过玻璃望进去，那些桌椅都陷入了无法抑制的白日梦之中。它们或许在遥想那些远走的人，此刻正停留在版图的哪个位置。没有擦去的粉笔字在黑板上蔓延着，仿佛在湿热的空气里又萌生出了新的笔画。楼里有一股先前没有的墙硝味，寂寞、空洞、绵长。

他们在一年最绿的时候走了，在树叶和草茎微微泛黄的时候，还会回来，或者永远不回来了。我这个无处可去的人留了下来。我留下来，像沉淀在水杯最底部的没有来得及溶化的糖块，像喝乏了的茶叶根儿。我将和那些树们一起度过这个夏天，这个冗长得有些悲壮的夏天。我还要度过很多个这样的夏天。我要让自己像一棵树那样缓慢地、坚忍地长出清晰的年轮来，而不是长成柔软而空心的茎秆。一年又一年，许多年都会这样过去，我将在这里——老去。

我在古代

我常常想象我在古代可能会有的生活。

我想自己一定不是什么深闺中的大小姐，除非做李清照或蔡文姬。一般情况下做一个贵族小姐其实是会活得很压抑的：围在高墙里，见不到几个有活气的男子。等看了闲书，便胡思乱想起来，到头来不过是害了相思病无从说起，不过是被望闻问切的中医误诊成气血不畅之类的说不清道不明的病，只是喝些汤药，吃些燕窝，一边伤春悲秋，一边在帕子上题几句断肠的诗，洒几滴清泪，最后是在丫鬟的服侍下吐血而死。

我想我应该是普通人家的女子，是那种可以在天地间随意走来走去的女子，锦衣玉食并不是我所热爱和追求的，我做梦也懒得梦见金钗银镯玉簪，我想要的只是自由自在和温饱。这样想的话，做女侠应该很好，但是我做不了，我没有鸿鹄之志，也不想过生存危险系数过高的生活。依照我的性情，原本不过是想在小康日子之中再加上一份浪漫罢了。所以想来想去，我最好是去做一个采莲女，做一个蚕娘，或者绣女，总之我该是“劳动人民”的女儿，要离自然天地和世俗生活很近，活得自得，像野花野草那般烂漫。

如果我是采莲女，年方二八，摆橹在田田的荷叶间，我的歌声会从早到晚地在绿水烟波上荡漾。待到婚配年龄，我的心思如溪桥下的春水那样涨起。与我相爱的应该是一个穿绿蓑衣戴青箬笠的年轻渔夫，他不知父谁母谁，在云水间横舟飘摇了一十八年。我们在水上相识，立下鸥鹭盟。成家以后，以芦湾和柳岸为家，烹虾煮蟹，煎茶递盏，桌上总是断不了从水中采来的芦笋慈姑茭白嫩藕菱角和水芹。我们的日子无计划无算计，活得散诞任意，风平浪静，天天睡到日上三竿。

如果我是蚕娘，我很可能会和一个樵夫成婚。那样我当生活在山中，家是一处山坳里的草舍茅庵，庭院里种着木樨和紫藤。我们穿草鞋，着粗布衣裳，相貌憨愚。我清晨去树林子里采桑叶，他翻山越岭去砍柴，在石径上草叶间听着鸟鸣和风声。收工后我们聚在油灯下木桌前，粗瓷盘碗中的饭食总是算得上丰盛的：香椿芽、竹笋、山菇、腌鸡、腊鸭、焖野兔、香米粥，这些吃的东西基本上都是随着四季更替而变化着，是自给自足的，只有像盐和酒之类是拿了蚕丝和柴担从山外的集市上换来的。在婚后我会生上三两个壮实的儿子，两三个朴拙的女儿，我闲来要教他们识识字，文化程度到姓名粗识、账本略认，就可以打住了。

如果我是一个绣女，那么就让我去爱上一个走街串巷的小货郎吧。我坐在窗前刺绣，绣的正是鸳鸯戏水和并蒂莲花。虽然我从小就被贪财的父母指腹为婚给一个地主家的傻儿子，但那不是我想要的生活。我的脑海里总是浮现出小货郎那英俊的脸庞，当我听到那只货郎鼓子“当啷当啷”的响声由远及近，我就心旌摇荡起来。我在小货郎那里买些针头线脑、发卡手帕、香粉雪花膏什么的，他在我窗前停留的时间也一次比一次长了。终于有一天，我收拾好行装盘缠，在一个月黑风高的夜晚，跟着小货郎一起私奔了。从此以后我们结为夫妻，走遍大江南北，我们的爱情永远“在路上”。

在我的古代生活里，我还要给自己重新起一个名字，就叫“黄四娘”或者“谢秋娘”，行不行呢？

雨　燕

某年仲夏的一天，我去了这个城市的远郊，远得不能再远的郊外，远到抬眼望得见另一个地市。去往那里的路途是不容易的，往南，往南，持续往南后，再向东斜插，车子完全进入大山的胸腔和腹腔之中，盘山公路像麻花一样绞拧着并且总体在上升。直到海拔约一千米，然后忽然又渐渐下降了，进入一个海拔七百米的面积相当大的平坦的谷地之中。

在那个平坦的硕大的谷地中，植物繁茂，我无目的地往纵深处走去，看见了一个很大的天池，水清清地静静地仰面躺在那里，像是天堂里的水。继续拐了个大弯，然后下坡，渐渐又进入一个既窄小又幽深的峡谷。峡谷是由直立的山崖围成的，几乎围了三面半，只在西北角上留了一个缺口，从那里透进一些阳光来，从那缺口恰好延伸出去一条歪歪扭扭的石径，朝向更僻远的山下某个未知的地方。也正是从那个缺口，视线向高处望去，能望见另一个不远不近的更高的山头，那里有一块鲜明的界碑，表示这是两个地市的交界处。其实我感到这里不属于任何行政区域，如果属于什么，也只是属于大自然自己的行政区域，是还没有来得及被人类刻意管理过的大自然的区域吧。这样一个地方正适合当时的我，抑郁之中的我。我刚刚遭遇的私人生活中的突发事件几乎将我恶狠狠地掀翻在地，使我从此几乎不敢再相信人类了。

我在那个小峡谷里找了块大青石坐下来。大约是海拔高导致气温偏低，这时节竟还有槐花开着，飘着甜香，而紧挨脚边，生长着野草莓，平铺开来的众绿叶像扁平盘子一样托举着灌了浆的小红果子，这使我想到为什么小时候大人告诉我这叫“托盘儿”。正是晌午，小峡谷里却是清凉的，甚至有点儿阴森。我打算在那里多坐些时候，坐到太阳偏西，直到这小峡谷里本来就微弱的光线越来越暗淡，就像我的内心一样。

就是在这个时候，我看见了雨燕。大约有三四只吧，它们像轻型小飞机一样，做着时而直线时而曲线的均速运动或加速运动，偶尔发出的啾啾叫声听上去似乎是欢快的和倔强的。这种翅膀形状大致像镰刀而翅尾尖尖如箭镞的鸟飞行得过快，几乎无法让人看清楚它们腹部和脖颈下面的一小部分白色，打眼看去只是通体淡黑的扇形，迅疾、灵巧、呼啸、锐不可当，似乎永远在飞，从不栖落。其中有一只雨燕——

里面最瘦小的一只——很明显，总是紧贴着那直立的崖壁在飞，在大幅度仰升之后，接着总要来一个大幅度俯冲，而就在几乎降到谷底甚至擦到地面岩石时，竟忽然又急剧向上攀升了，一下子跃至崖顶，几乎越过山峰，飞向天外和太阳……我的视线久久地跟随着这几只雨燕，感到迷惑，它们如果认为这些崖壁是障碍，阻挡了自己，完全有能力高飞过崖顶，越过这些山峰远远飞走啊；还有，旁边就有一个光亮的峡口通向峡外，也可以从那里直接飞走啊，飞到别处去，为何偏偏要滞留在此，没完没了地跟这三面绝壁比试武功呢？这崖壁自亿万年前就竖立在那里了，而雨燕是自己飞到这里来的，自己找上门来的。它们对着崖壁做这种无数次的俯冲和攀升是什么意思呢——测试自己的体力极限？锻炼自己的意志？证明自己的勇气？对这三面青灰山崖围困起来的专制的威仪发出挑战？某种形式的面壁思过？抑或仅仅来自一个完全客观的念头：试图对这些山崖的海拔和相对高度做一番精确的测量工作？

我一直坐在那里看雨燕。天色渐晚了，由三面直立的崖壁围起来的这个不大的峡谷更加沉寂，显得压抑，让我联想到了巴士底狱。我该起身离去了，几只雨燕的劲头丝毫不减，依然还在围绕着或紧贴着崖壁，不屈不挠地飞着，上上下下地飞，左左右右地飞。那种没完没了的运动让我想起西西弗斯终生都在推动那块不断往下滚落的巨石。我起身沿着原路返回时，在夕光中又一次回首那三面悬崖，忽然感到它们也许更像是一种不可抗拒的命运，是雨燕的命运，也是我的命运——面对上天安排的命运谁也没有回避和逃走之理，只有直面它、正视它、迎向它，不管俯冲还是攀升甚至一头猛烈地冲撞过去，没有什么是不可以的，这些原本全都是宿命。

我的脚步轻快起来。那天往城里回返的路上，我的脑海里一直在想着雨燕紧挨悬崖飞翔的姿势。我渐渐开始相信，其实在隐形之中，我也有一双像雨燕那样的有着极其尖锐末端的翅膀，可以划破空气，贴着崖壁，孤绝地飞。

蕨

我喜欢蕨，是满心的喜欢。想起它的时候，似乎就有一蓬蕨草，带着双向的羊齿印痕，已经绿蓬蓬地生长在了我的身体里。

喜欢蕨不开花不结果，不恋爱不结婚，彻底的独身主义，只是以分株法或者利用自身的孢囊，就可以进行种属的繁衍。它选择了最简单的活法，竟也三亿年至四亿年生生不息，那可是三亿年四亿年的孤独啊。

蕨是最古老的植物，它见过恐龙。想象一下吧，远古时期，这颗星球上遍布着的全部是蕨类植物，它们郁郁葱葱，高高低低，覆盖着地表，它们是地球上的主角，远比如今随处可见的白杨树、法桐树、枫树要普遍和风光。体形巨大的恐龙四处走动，以这些植物鲜嫩的叶片为食。后来在地壳运动和气候变化中，蕨类赖以生存的外在条件不存在了，于是高大的木本蕨类基本上都灭绝了。灭绝的蕨类森林陷入地层，经过漫长的物理化学变化渐渐地就成为优质煤炭。当我们在夜晚打开电灯的时候，或者每天坐在办公桌前开启电脑的那一刻，是否会联想到，我们此时正在使用的电，来自电线，终端在发电厂，而发电厂正在使用煤炭做能源来进行发电？所以，与其说是电力在驱动机器为我们带来光明，倒不如说是亿年前蕨类植物的遗骸在为我们做着这一切。那些煤块是留有记忆的化石，有的上面还隐现着蕨类的根茎叶的印迹。或许，在那些印迹上，极个别的甚至还能分辨得出恐龙咬噬过的某个位置吧。是的，我相信这样说并不过分，在我们现代生活的各个方面几乎都充满了亿年前蕨类植物那遥远而蓬勃的幽魂。它们没有真正死去，只是变成了另外一种更加隐秘的形式，以在地下埋藏了上亿年的激情推动着这个世界。

只有少数种类的蕨类植物逃过了自然浩劫并得以存活下来，它们基本上都是一些比较矮小的，并且后来大都由木本被迫渐渐演变成了草本。在一个已经不适合它们生存的世界上，它们很像遗民，跟伯夷叔齐一样保守而固执。属于它们的那个地质时代已经不存在了，已经一去不返了，它们却也不肯加入当下的整片森林，而是要躲避到偏僻的荒野之角或静寂的屋瓦之缝，把这些不显著之地当成了它们的首阳山。最为巧合的是，据说“夷齐采蕨而心忧”，这真是人类的遗民遇上了植物的遗民，可以惺惺相惜了。蕨还可以称得上是流亡者，从中心流亡到边缘，从主角流亡到配角，从高处流亡到低处，也许还从故乡流亡到异乡，带着旷世的哀愁，在裸子植物和被子植物的显赫包围中，孤军奋战，偶尔一阵小风吹过，仰望天空，心事浩渺，悠悠亿载从何说？

蕨有着强烈的“角落意识”，大都永远置身于人迹罕至的湿地，在半阴的林间、荒山、岩缝、坡底或沟涧里生长，不结党不社交，不追捧不上镜，彻头彻尾地自生自灭，与其说它谦卑，不如说它是高傲的——真正身世久远的贵族从来不需要像暴发户那般张扬和炫耀。其实，在角落里才会有好的故事。从文学角度来说，它的资格也是够老的了，《诗经·召南》里就写到过这种植物，“陟彼南山，言采其蕨”。一个女子一边采蕨菜一边登高望远，盼着男友到来，蕨在这里成了充满诗意的情爱道具。还读过沈从文的一篇小说，叫《采蕨》，里面的女主人公阿黑在大好春光里天天上山采蕨，男主人公五明在山上放牛，五明以帮助阿黑采蕨为名趁机接近阿黑，终于使事件得以发生，僻静处的蕨才会生得茂盛和鲜嫩。采蕨要到山中幽密的地方去采，而男女之爱也像蕨的生长一样，常常在那样隐秘的地方发生着。罗伯特·勃莱喜欢写蕨，“除了活着，蕨没有选择。/为了它的倔强，它接受泥土、水和夜”。他还干脆以《蕨》为题写过一首短诗：“我通过你学会如何爱堤岸上的蕨类，/以及小鹿的蹄子留在沙上的曲线。”这个美国诗人跟中国作家一样，同样把“蕨”这个意象跟男女情爱联系在一起。虽然他写的是明尼苏达的蕨，但如此对比着读来，美洲的蕨和亚洲的蕨并无太大不同。

然而，这角落里的蕨并不拒绝世俗生活。没错，它既可以生在深山老林，神清气爽，按捺不住对清澈时光的赞美；另外，它也完全可以长在人家老屋潮润的房檐、墙根和砖缝，日日望着一缕炊烟朝向晚的天空升起——这次它当然依然是在角落里，摇曳着那一蓬蓬简简单单的想法，在喧闹的市井的旁边悄无声息。在春天，最好是三月下旬至四月上旬吧，它的嫩芽抱着蜗牛形状的小拳头，通过采撷人的手走上餐桌。它在瓷盘里独语或者跟遥远的肉类进行交谈，味道鲜美。蕨的在土下横生着的根里充满了淀粉，可以做成蕨根粉，煮在火锅里，滑爽筋道，也很好吃。在大饥之年，蕨类往往会成为穷人们的粮食。蕨还是药材，在《本草纲目》里，它是祛暴热、利水道、治蛇虫伤的好药。看吧，蕨就是这样，品格清幽，却并不标榜自己为隐者高士，企图从名气上赚取什么"附加值"。它在人间烟火里，也从来都是一副那么自得、那么轻描淡写的模样。

蕨是多余者和边缘者，却并不是弱势群体。它好像一直都在对这个世界说"No"，它不是大声地在说，更不是咬牙切齿、慷慨激昂地在说，它只是微微地摇了摇头，漫不经心地背过身去了。它那绿绿的羽状复叶弯垂着，笑意盈盈。它不是孤芳自赏，它连"芳"都不曾开出过一朵，拿什么来自赏呢？

蕨很"独"，它有足够的意志和力量"独"上三亿年四亿年。它是植物里的“超人”，这“独”的意志和力量来自何方？或许来自中生代侏罗纪那幽古的遗传基因吧。正是这孤单以至于孤绝，造就了蕨永远的飘逸和青翠，它周围的空气总是透明的、清秀的，干干净净。

而在远处，在朝阳的大路边上，在公园的花圃里，那些桃李们的周围早已是乌烟瘴气了。

下 楼

只要我们这些孩子们下楼去，无论是出远门，还是在家附近上学上班或者办事，甚至有时候只是去倒一趟垃圾，我妈都要在约莫着我们出了楼门的时候，跑到前面或者后面的阳台，把脸紧紧贴到窗玻璃上，盯着我们的背影看，看着我们渐渐走远，直到拐了弯，看不见了为止。

从我们很小的时候，直到现在我们都过了三十岁，她都是这样的。她总是像老母鸡那样，有些神经质地关注着她的孩子。她以家为圆心，看着我们出去又回来，回来又出去，半径或长或短。

“下楼去”总是显得很隆重，比如我只是出趟门去同学家，大约有四五里路，吃顿饭就会回来，我妈也要把脸贴到窗玻璃上来送我，将鼻尖压成扁的，以便尽可能地缩短上那么一两厘米距离，好把我的每一个动作都看得清楚。我刚出楼门就知道她的那张圆圆的脸一定在玻璃上贴着呢，我会回过头去，冲她摆摆手，表示我看见她了。她有时候也会冲我招招手，有时候则不招手，而是点点头。如果我哪天要出国，要到地球的另一边去，我妈一定也是用这种方式看着我下楼去。

我知道我妈在楼上看着我，我还知道看着我的背影她在心里想着什么。她会在心里对自己说：我生的这个孩子体积这么小，这么不起眼，走起路来也不稳当，衣服也不怎么合体，头发那么乱，也不好好梳梳，总是一个人出来进去，孤孤单单的，唉。不过，这孩子做事情我还是蛮放心的。

贴在窗玻璃上的那张脸越来越老了，也越来越柔软，我知道那张脸还会继续在岁月里无助地塌陷下去。它上面的表情会越来越幼稚，它不会为我们出谋划策了，但它会越来越成为一种象征和安慰。

深秋的时候，有一天我离家出门办事，院子里渐衰的草上积了霜，树叶子在我头顶上已经变得枯黄。我抬起头朝四处看这秋天的时候，顺便回头望了一下家里的前阳台，我看见了妈妈的脸，她像一个小孩儿一样紧紧地把脸贴在那窗玻璃上。脸被安装的防护栏杆分隔着，看上去像探监那么急切。我知道从我出门的那一刻，她就在盼着我回来了。秋已深，天已凉，人世苍茫，我的眼泪忽然流下来。

铁丝挂钩

在我家的狭窄的门厅里，有两根细细的暖气管子倚墙而立，竖在屋顶与地板之间。两根管子是平行的，中间有一个横向的短短的扁平铁片把它们连接起来。就在那横向的铁片上，缠绕着一簇粗陋的铁丝，圈制弯曲成了一个简朴的铁丝挂钩——用来拴挂扫地的笤帚。

每当我走过那里，无意中看到这个铁丝挂钩，就会想起我的姥爷。那是姥爷平生第一次也是最后一次在我这里短暂居住时亲手帮我制作的。那时他的肺心病已至晚期，步履维艰，心有余而力不足，却硬撑着想帮我做点什么。我的居所脏乱差，每一件物品都摆放在了不应该摆放的位置。所以，姥爷就找出铁丝和钳子来，帮我制作了这个挂钩，专门用来拴挂笤帚——免得每次扫地时，找笤帚得找上半个小时。

在这个铁丝挂钩做成一个星期之后，即 2001 年 12 月 29

日，姥爷就离开了这个世界。如今，眼看已经过去了十年有余。我在没有他的世界上生活了十年。在我这里，以及在家族中其他人那里，如果不算照片的话，再也没有任何与他相关的具体而有形的东西保留下来——所以，现在这个铁丝挂钩，算得上是姥爷留在人世间的唯一物件了，是他留存下来的可见可触可感的一点儿痕迹吧。

我看到这个铁丝挂钩，从它的形状上，就能还原姥爷当年制作它时的情形，他的样子、姿势和动作。我从凉台上拿来钳子递给他，当时我和他都站在门厅里。铁丝旋拧的方向和绞缠的形状记录下了姥爷当时稍稍倾斜的身影、双手活动的力度，还有，苍老手掌上面的皮肤颜色、皮肤下的血管和突起的骨骼，当然还有他拿着钳子用力时略略加重了的呼吸。姥爷身体中残余着的一生中最后的气力，就这样——以一个铁丝挂钩的形态——留存在了世界上。

十年来，这个铁丝挂钩没有发生丝毫变化，保持着原貌，日日承担着一只笤帚的重量。铁丝被折叠成双股，又被弯成钩状，绕在了管道之间的连横铁片上，带着明显的临时性和粗糙质地。在其尾部，铁丝尖锐的末端似乎想在空气中擦出道道银色划痕。十年时光是怎样从这个铁丝挂钩上一点一点地消逝的呢？即使它那被拧成钩子的形状，也无法将分分秒秒钩住，把时间挽留下来。可是，我知道姥爷的指纹还留在那一簇铁丝上，历经十年而未被抹去。十年过去了，对于那个离世的人，这个铁丝挂钩可以充当他的灵魂的唯一知情者，也许姥爷的灵魂就贮存在这个铁丝挂钩那一簇拧绞着的曲线的弧度里了。

其实，一个个体生命留在这世界上的鲜明印迹何止这样一个小小物件？严格说来，姥爷遗留在这个世界上的事物并不只是这个铁丝挂钩，他最重要的遗留是他的亲人们，他的所有亲人都是他在这世上留下的发票的存根。尤其是我，从小跟着他长大，可以说，只要他活着，无论我长到多么大，我的童年都是在的，就在那里，像小蟹寄生在螺壳里一样寄存在他的生命里。他珍存了我生命中那段带插图的岁月，那是我的童年的孤本。而最终，我的童年跟他一起遇上了大限。他死去，同时也带走了我的童年。他临死时，依然对我很不放心，认为我的所谓性格缺陷不适应社会规范，正使我离幸福生活的康庄大道越来越远。他没有看到我改变，就死去了。其实他就是活着，也是看不到我的改变的。在他的葬礼上，我想：从此我得长大，谦和、庄重，对生活无比忠诚。

其实，就在十年以前，就在姥爷制作那个铁丝挂钩并往暖气管道上缠绕的那个黄昏的那个时刻，我就已经在心里对自己说了："他离开人世之后，这个挂钩还会留在这里，每当我看到它，就能想起我的姥爷。"

何必胜

我实在不喜欢由英语“Pizza Hut”音译而来的那个汉语名称“必胜客”。它听上去太像口号：硬邦邦的，争强好胜，道高一尺魔高一丈，随时准备决斗，非要把对方打倒不可，充满了阶级斗争的火药味。一个吃饭的地方，要的不过是安静、温馨、舒适和可口，完全没必要咬着牙挥着拳瞪着眼跺着脚，跟自己或跟别人较劲，要求所谓赢，更不用去争夺冠亚季军——难道，由于你吃得多吃得快，还会把你请到领奖台上去颁奖不成？译成这样三个冰凉的汉字，这样三个全是直直往下的四声降调仄声汉字，在听觉上视觉上和感情态势上，使得原本有着淳朴的红屋顶标志的小屋，不像是一个用餐之地了，失去休闲意味，倒像是角斗场或竞技场了，仿佛是个斗牛、拳击、踢球或者蹦极的场子，它的发源地北美洲中西部大平原堪萨斯州那温柔憨厚的农业表情，因了这三个好斗的汉字，被置换成了精明算计和较量高低的工业时代的表情。我不知道别人对这三个字的反应如何，反正我绝不会由此联想到披萨的色泽和香气，一接触它们，我就仿佛看到有人伸出用食指中指组成的“V”字向我示威，于是产生条件反射，导致肠胃寒凉、紧张、抽搐、痉挛，再也不想吃东西了。

从表面上来看，大约是我们国家人口太多密度太大，导致生活环境太过拥挤吧，所以，我们无论做什么事情都想从众人之中胜出，从人群里冒出个尖儿来，否则就老是担心被泱泱人群给淹没掉。这种老是想当“人上人”的观念由来已久，以至于我们的“状元”情结和“冠军”意识在全世界都是最严重的。为了胜出，我们可以用不择手段的“孙子兵法”；我们“师夷长技”的最终目的如此阴险，竟是“以制夷”；我们还“头悬梁锥刺股”；我们还“卧薪尝胆”……为了压倒与堂吉诃德眼中的风车相类似的想象中的对手，不惜制造出血淋淋苦哈哈的效果。到头来，不过是在这个社会上排列出君君臣臣父父子子的封建等级，用极少数人的舒服换来绝大多数人的不舒服，贫富不均，人心失衡，我们最终不是为真理而战，永远都是在为个人的或集团的利益而争斗。请问，这样一代一代竞赛一般活下去，“和谐”在哪里？“必胜客”三个字，只不过是日常生活中的一个小小实例而已。以此为例，它包含了我们的一贯心态：自大+自卑。其实，只有失败的人或实力不够的人才会天天高喊着“胜利”；只有自认为卑贱的人才在心里天天盘算着如何翻身，如何进级，踩着别人的脑袋，发展成为新贵。嗯，这个名称，让我有充分的理由认定，它应该是由阿Q起的。

出于对文字的敏感，我对这三个汉字本能地躲避着，每当想吃西餐时，几乎从来想不到要去“必胜客”。即便如此，我终究还是去过那么几回的，差不多每次都是为了陪伴小侄女。最近一次是在一个暴雨天，我和我妈我妹妹我侄女四人推开一家“必胜客”的大门进去，里面客人不多，我们在一个空桌子前坐了下来，看着窗外的大雨。我们等了一会儿，无人搭理我们，于是我朝一个女服务员挥手，叫她过来点餐。

女服务员过来了，质问我们：“你们是怎么进来的？”

我吓了一跳，指了指那个红色的玻璃门：“当然是从那扇门走进来的。”

“你们走错了，那是客人用完餐从店里离去时走的门，你们来就餐，应该先走前门，那里有专门的服务员把你们引领进来，安排就座。”女服务员脸色铁青地解释，“你们离开时，才要从那个后门出去。”

“对不起。”我有些迷茫地说，“门的功能有两种，进来和出去，你们也没有用文字标明哪个门的功能是光进不出，哪个门的功能是光出不进。”

“总之，你们做错了。”女服务员再次提醒我。

“至于前门和后门之说，前和后本来就是相对而言的，两个门都临着人行道，一样大小，如何分前和后？”我也认真起来。

“你们就是错了。”女服务员寸步不让，一副要说服我低头认罪的架势。

“我认为没有什么对和错。”我指着房顶说，“如果你们在天花板上开个门，只要没有特别用文字提示，我从那上面走进来，也没有什么不对。”

“你们就是走错了。”女服务员不依不饶。

“我们错了，那怎么办呢？”我绝望地望着她，我的样子一定很可怜，好言好语地与她商量，“要不这样吧，我们现在起立，从那个你认为的后门走出去，冒大雨绕店半周，绕到你说的前门去，重新从那里走进来。在值班服务员的带领下，再重新坐到这张桌子前面来，你看，行吗？”

女服务员终于算是透出了准备饶过我们的口气：“这次就算了，可是，你们记好了，下次再来时，从前门进来用餐，用完餐，从后门走出去，不要再弄错了。”

她摆出一副“必胜”的表情。

“没有下次了，我们这是最后一次来。”我也用“必胜”的铿锵语气回答。

我们双方全都是“必胜客”，我们的言谈举止心态，全都与这个店名相符了。

鸡年哀鸡

在汉语的成语里，与鸡有关的几乎全属贬义，什么鸡鸣狗盗、鸡飞蛋打、鸡犬不宁、鸡零狗碎、鸡毛蒜皮、一人得道鸡犬升天、鸡蛋里挑骨头、呆若木鸡……也有褒义的，实在不多，能想起来的：金鸡独立、闻鸡起舞、鹤立鸡群。而鹤立鸡群这个褒义词，其实比那些直接说鸡坏话的贬义词还要阴险，为了表扬鹤，不惜把鸡来批评和贬低。牺牲一群鸡，以衬托那一只鹤的高大，在这里，鹤是精英，而鸡代表了没有个性、没有追求、思想尚未被启蒙的庸众，正是这个成语，使鸡再也翻不了身。

人们生病或坐月子要炖老母鸡、喝鸡汤补身子，过年过节还要想方设法弄一只散养童子鸡来红烧了吃，山里人家农家乐的主打菜大都是松蛾炖笨鸡之类，当然，人们更要一打一打地从超市往家中买鸡蛋，每天都要吃鸡蛋补充蛋白质和卵磷脂，还要用鸡蛋做出蛋糕、蛋卷等各类点心，更不要说那以鸡肉为主的快餐肯德基把连锁店开遍了全地球。

人类对不起鸡。看过一个美国纪录片，揭露的是现代人类在流水线式的养鸡过程中的野蛮行为。为了让鸡多快好省地长大下蛋提供肉食，人们让鸡一只一只地挨在一起，密集地把它们关押在恒温的室内笼子里，以黑布围起，让鸡永远见不到日光，闷不透风，动弹不得。这样的鸡到后来就不能走动甚至不会站立了，只能以弯曲残疾的腿支撑着一个硕大的身子，歪在那里，成了一个静止的肉球，成了生蛋和长肉的机器。它们从一来到世上，就享受不到任何生命的快乐，只是为了进屠宰场、进食品加工厂和上餐桌，功利主义的人类为了使自己的利益最大化，逼迫鸡过着比集中营还不如的生活，这是非人的生活，当然也是非鸡的生活。

曾几何时，茅檐低小，坡上青青草，鸡们在农家院落闲庭信步，在竹林溪畔嬉戏觅食，有着“鸡鸭成群晚不收”的自由，过着田园诗般的生活。除去下蛋和食用，它们更是陪伴人类的朋友，是家庭中的一个成员。它们中的雄性成员，每天要迎着熹光为人类打鸣，被当成钟表来用。

甚至，它们的存在不仅不像今天这样被“物化”，在古代还能经常“上诗”。“莫笑农家腊酒浑，丰年留客足鸡豚”，多么殷实，多么淳朴，多么踏实；“鸡声茅店月，人迹板桥霜”，又是多么孤寂清冷；“头上红冠不用裁，满身雪白走将来。平生不敢轻言语，一叫千门万户开”，这又是多么高昂和开阔啊。想到这里，不禁叹惋，鸡的命运真是一代不如一代了。可是，在一个连人类自己都不可避免地被“物化”和“异化”的时代，更何况是那些可怜的家禽们呢？

鸡在被人类饲养的过程中，慢慢地一点一点地脱去野性，渐渐地被驯化。被驯化当然属于正常现象，可是它们实在不该在这被驯化的基础上再进一步地被异化，以致形成今天养鸡场里那种几近残疾的状态。加上鸡所吃的饲料中的添加剂，如抗生素、生长素等所带来的诸多问题，鸡蛋和鸡肉大多已不再是绿色食品，如今许多人已经不像过去那样爱吃鸡了。据胡适先生考证，在唐代以前，鸡都是会飞的，只是到了唐代以后才飞得不那么高了。陶渊明有诗“鸡鸣桑树颠”，阮籍有诗“晨鸡鸣高树”，据说那时是“鸡舍于树”的，就是说，在树上搭起鸡窝养鸡。杜甫诗云“驱鸡上树木”，可见以前的人们还是非常尊重鸡的天性的。而到了唐代以后就见不到这种诗句了。从那时到现在，一千多年过去了，鸡几乎飞不动了，大都只能在地上走动或蹒跚，遑论上树。更可怕的是，到了当下这个机器时代和数字化时代，它们中的绝大多数只能终生被关押在现代化的养鸡场里，失去了行走的能力，不要说飞，就是连飞的梦都不会做了吧。

鸡年在此哀鸡，只是想找寻一个机会为鸡鸣不平，为世间所有没有被公正对待的弱小之物鸣不平。

巧 克 力

巧克力的味道几乎可以称作是幸福的味道，然而那里面竟还暗含着一层悲伤。那悲伤是大提琴式的，低沉、淳厚、内敛，发生自遥远的味蕾的深处。

这悲伤的味道跟那幸福的味道，是巧克力的两种元素，它们是辩证的，是对立统一的，互相映衬着，此消彼长着，挽留着对方，最终又一起超越了这两种元素，一起在舌尖上融化成了回味无穷的美丽的怅惘。

正是这由内向外像涟漪一样缓缓扩散的悲伤的味道，使得巧克力区别于其他任何一种轻浮的糖果或者花哨的糕点，成为食品中的贵族。那悲伤浩荡到仁慈，如同晚钟从远处的教堂传来，使得灵魂如此富饶，足以承载起那有些粗重朴拙甚至苦闷的身体，历经炼狱直达天堂。巧克力有着弹性的矜持，将细腻柔情深藏，在封闭的块状里面沉睡着，需要用多种感官去用力将它来唤醒，铺展开那块飘着暗香的丝绸，这完全不同于橘子糖、蜜饯和桃酥那些把甜蜜和芬芳挂在脸上的暴发户们。巧克力中的可可含量越高，则品格越高，即使最没落的巧克力，仿佛也有着纵深的来历背景和世袭的爵位。所以巧克力通常的包装自然要繁复和奢侈一些，要堂皇一些。盛它们的盒子和袋子往往西装革履，让人认识并理解买椟还珠的成语。很多时候它们还会穿上有蕾丝花边和大蓬蓬袖的千层褶裙，像19世纪的贵妇穿的那样，最里面的那层胸衣很可能是锡纸的，闪着微光，被浸染得又苦又香，到了最后，也许，还要在颈项前系上飘带吧。

巧克力有着压抑的隐秘的渴望，有着一个幽暗的燃烧的核心，有着全神贯注的自白和孤独的圆满。它是可贮存的固体化了的激情，以“克”来计量，可以像核反应堆那样提供力量，驱动一场行动。其能量来自异邦，来自太阳直射着的热带的遗传，来自某种树木的梦幻和潜意识。它还是超现实主义的，可以使人的大脑和神经中枢兴奋，接下来就是彷徨了，最后是寂寞，很深的寂寞，回到无底深渊。

据说巧克力最初是哥伦布在美洲发现的。巧克力的确是一种伟大的食品，几乎跟新大陆一样伟大。对巧克力的热爱，曾使我胡思乱想，妄想这个世界如果是用巧克力做的就好了，楼房、汽车、马路、桥梁、车站、码头、机场、书包、猫、狗、树木、电脑、钢笔、山脉、国家，统统都是巧克力做的……当然这只有在童话书里才可以实现。

鲜花盛开的书脊

我把河两岸的那些老楼想象成翻开来的残破的古籍，而夹在中间的这条河便是那线装的书脊了。我每天沿着这书脊走来走去，仿佛我是一只喜欢文字和纸张的霉味的蛀虫。

河大约有二十来米宽，是由南向北流的，顺着地势的落差，发出很大的响声。河岸并不是笔直的，而是有着几个自然的弯曲，仿佛这是书脊被人工装订不均匀导致的结果。河岸高爽，还是复式结构的，即无论东岸还是西岸，都能顺着石阶向河下走去，走到半截的时候，又有了一层岸，再往下走才是河水，这有点儿像梯田。每一层岸上都种满了树，更高处的岸上，是高大些的树木，像泡桐、垂柳、玉兰；低处岸上的植物则是矮些的，像樱花、丁香、冬青和柏树；在偶尔出现亭廊的地方，紫藤在半空中蔓延着。这些植被倒很像是这道书脊上用以穿针引线装订书页的麻绳了。想想春天来的时候吧，这条河就会成为一道鲜花盛开的书脊了。

我在这个冬天喜欢上了这里，我几乎每天都来。北方冬天的阳光像清漆一样，是亮的、轻的、薄的、透的，照着这里的安然和洁净。能看到的河岸有好几里长，由于台阶和树木阻挡，车辆开不过来，行人也稀少，那些落光了叶子的植被那干枯的枝枝杈杈是清秀的，连夏天被遮掩过现在又露出来的地面也是静谧的。一小片不知是谁开垦出来的菜地里，有少量的菠菜在矜持地绿着，又不知是谁用一排生长着的花椒树做了一楼小院的篱笆，鸟鸣听上去竟有了些佛腔。这城里的村野气息最容易打动一个寂寞人的心，我就这样在这里闲闲地度过了一天又一天。我懂得什么也不做的快乐，我记着有个人曾经在瓦尔登湖旁边写道："懒惰是最诱惑人的事业，它的产量也是丰富的。"

我行走的路线基本上是不变的：先沿着河东的高岸由南向北走，走着走着我就沿台阶向下走，下到低岸去了。这时候有一座木桥不经意地等在那里，木材是原木的，结实敦厚，在那上面跳两下会听到单纯沉闷的响声。木质在风雨中发了黑，桥栏是稍加修饰过的线条流畅的柱形，我在上面倚着，想象雨天的情形，湿了的桥面会越发显得黑，桥下水涨，打着伞斜斜地走过，这桥不像是用来过河走路用的，倒像是画在那里的。后来我走过这座木桥，到了河西的低岸，再沿台阶走上去，就到河西的高岸了。

在河西走着，每次走到一座褐色的楼前，都要停下来，望着某个窗口发呆。我看中了这里的一幢房子，我想把它买下来，住进去，我每天都来看一眼这房子，看得次数越多，便越觉得它就是我的了。在这里，我可以打开窗子一眼就望见这条河，我愿像一只热爱汉字的蛀虫一样住在老旧的书页里，望见这美丽的书脊。

徘徊在城南

我又看见了他。他四十岁上下，身材高大，骨骼匀称，一脸肃穆。他似乎喜欢夏行冬令，刚入夏时穿过一身破棉袄，现在盛夏了，他穿着的是从垃圾箱里捡来的一套厚厚的黑色呢西装，与此相配，又用同样是捡来的一簇亮闪闪的米色丝绒窗帘布在脖子里挽起来，系成了一个特大号自制领带；他的鞋子已经破烂得看不出质地，不知是皮鞋布鞋还是胶鞋，很不合尺寸，脚趾全都大大咧咧地露在了外面；他的帽子呢，实在太与众不同了，用好几个盛装化肥的塑料编织袋子盘旋着扎系在一起，形成一个大大的环形，套在头顶上，帽檐厚实宽敞，很像18世纪西方歌舞剧里王公贵族的帽子。他的头发不长不短，乱蓬蓬的，像刺猬，而胡子却不知为何剃得干干净净。

他就这样一身奇异装扮，走在城南大街上，穿过喧闹的菜市场，如同穿过无人区。他从不东张西望，对道路两旁的市井生活从未表示过兴趣。他从不打算正眼瞧这个世界一眼，他既不昂首阔步也不低眉顺眼，只是迈着匀速的步子旁若无人地走着，不卑不亢。

他总是在这个小区及其附近转悠，活动范围就是我们城南这片位于山间的市区，半径大约不超过五华里。他每天都在这城南徘徊，步态雍容。他的外表打扮貌似济公，但又没有丝毫济公的嬉皮劲头和反讽意味。我只能说，我只能说他实在是很有一些魏晋风度的。

有一天，他的胸前竟多出一朵绢花来，端端正正地别在左胸，是那种两三片绿叶衬托着的大红花，下面还有一条小飘带，用烫金字写着“新郎”或者“先进工作者”之类的，具体写了什么字样，因为距离不够近，我没能看清楚。这朵从垃圾箱里淘来的大红花如此隆重地被别在胸前，使他的身上终于多出了一抹亮色，竟如此鲜艳夺目。这是他的审美，很有些后现代或者黑色幽默的意味。

经过长期观察，我发现他心智正常，绝不会是一个精神病患者。他的举止动作和表情从来没有出格的时候，从无扰乱社会秩序的迹象。他很守交通规则，他甚至很懂事，经过河上一座窄窄的小桥时还会主动给老人或小狗让路。他脸上带着永远不变的沉静和温和，只是有时候略显凝重些，明显是在思索，像哲学家一样为了某个命题心事满腹。这个地地道道的无家可归的流浪者，他身上的文明和自律，还有那么一点儿不易察觉的书卷气，又表明他很可能是一个知识分子。

他绝不当乞丐，街上有许多卖食品的摊点店铺，他从来没有流露出过艳羡的表情，他在穷困得一无所有时仍保持着相当的自尊。他显然以捡垃圾箱里的衣食为生，但他绝不是那种在城市边缘以此为职业来谋生的拾荒者——从来没见他与小区里骑三轮收购废品的人打过任何交道，他捡垃圾只为自给自足，没有丝毫囤积这些可变废为宝的东西让自己过得比现在更好的打算。

他永远没有同伙，总是孤单一人，真正是独行独坐独唱独酬还独卧。他看上去却似乎很充实，从来没有流露过烦躁不安或产生跟任何人交流倾诉的愿望。我想他应该不是哑巴，他走在街上总能灵敏地躲开汽车和人，他的听力是好的，根据十哑九聋的说法，还根据听力障碍者面部的普遍特征来分析判断，他都不应该是哑巴。他一定是会说话的，只是我从来没有听见他跟任何人讲过话罢了。我常常设想，如果有一天，他忽然抬起头或转过身来，望着我，张开了嘴巴，会说什么呢？

小区里有一条从山上延伸下来的沟壑，沟壑被顺势修成了排水河道，山洪雨水污水全从那里走。河上架了桥，他常在那些桥洞子附近转悠，那里是被遗弃的野狗野猫的家，我疑心那里也是他的家。但是去年冬天的一个夜晚，我发现了他的另外一个住处。大约九点钟，我坐公交车从外面回来，正冲着公交车站牌，在大学门口，在一个柜员机服务厅和一个店铺相交界的凹进去的空地上，我发现他躺在那里睡觉。那里离人行道只有两三米远。他穿着平时穿的那身行头，身上什么也没有盖，仿佛是为了尽可能少地占据地球上的土地面积，他的脸朝向里面，四肢近可能地保持紧凑状态，姿势文雅地躺在地上，已经进入了梦乡。他的身旁，靠近头部的一侧，摆放着他在这个世界上的全部财产：一个搪瓷缸子、一小摞叠起的衣裳、一圈塑料绳子、两个香烟盒、三五本旧书刊……它们摆放得整整齐齐规规矩矩，一看就是细心收拾过的。正是数九寒天，他竟不怕冷；又是在这样一个交通要塞，汽车声音吵翻天，人来人往，他竟能不被打扰。他的头上没有屋顶，如果夜里下雪，就会把他覆盖住，把他染成白色的。他也从来不担心有人来抢他偷他，他真的是高枕无忧。他睡得那样安静踏实，以至于令我产生了幻觉，他是我们这个城市里最富有的人，也许他把这整个繁华的城南都当成了他自家的房地产。

我疑心他是蔑视我的。每当我遇见他，并出神地盯着他看，而他却从不肯瞥我一眼以至于无知无觉，我都疑心他是蔑视我的。说不清楚，我就觉得他有充足的理由蔑视我，蔑视我这个房产证藏在箱子里、包里装着好几张银联卡、冬天必须有暖气夏天必须吹空调、出门还要打遮阳伞、为买一件跟花裙子相配的T恤而跑遍全城的每天吃水果的小女人。

不久前一个炎热的晌午，我几乎接近了他。我从小区的建设银行出来，小心翼翼地揣着一沓人民币。我看见他盘腿坐在人行道的林荫树下，手里拿着一支中性笔，正在膝盖上的一张白纸上写写画画。他低着头，神情专注，头顶上知了的嘶哑叫声使得晌午更加深深地陷入了寂静。我慢慢走近他，我的脚步谨慎，生怕他会忽然抬起头来，冲我大吼一声，命令我走开。距离在一点一点地缩小着，同时我把脖子伸长过去。我几乎看见那纸上的笔画了，我想也许他写得一手好字，嗯，也许他在写诗，他写的可是流浪异乡的感想？我已经离他很近了，可是我必须走得更近些才能将纸上的字看清，这时候我却停了下来，我忽然感到害羞和自卑，我快快地走开去了。

我对他做过各式各样的猜测。他是谁？叫什么名字？本来是做什么职业的？他从哪里来？要到哪里去？他选择这个城市的南部久久不肯离去的原因是什么？他有什么需要兑现的人生约定？他在等待什么人吗？是恋爱事件、政治事件，还是要案缠身或者理想受挫，使他不得不选择了今天这样隐姓埋名、背弃大众的生活方式？他肢体健康神志正常，却不去找个工作养活自己，也是由于那个隐情吧？还有，究竟是什么使他每天都活得那样自信和心安理得，以至于有那么一瞬间让我在恍惚之中误以为他是艺术家在体验生活。

已经有相当长时间了，我弄不清是五年八年还是十年，总之是相当长的时间了，他就在我家附近的区域平静地生活着。我从来不曾同情过他，从第一次看见他，我就没有同情过他，或许从一开始我就意识到他其实比我强大，而且我越来越觉得，如果我和他之间有一个人是需要同情的，那么这个人应当是我。

我几乎天天遇见他，对他行注目礼，可他从来没有正眼瞧过我一眼。是的，他从来没有正眼瞧过这个世界上任何人一眼。这是真的，他连眼珠子都不曾转过去。

麦秸垛里的鸡蛋

阳光升得很高了，已经接近晌午。小院是由山石简单围成的，一丝风也没有，草在墙头上一动不动。小院寂静得有些反常，似乎有什么事情快要发生了。果然，过了不一会儿，一只老母鸡步履蹒跚地踱到院子中央，咯嗒咯嗒地叫起来，于是院子里顿时有了些动静，石墙缝里吹进来了风，墙头草仿佛也随着摇摆起来。

我扔下手里的鸡毛毽子，出了堂屋房门，朝着院子东北角的灶间的方向跑去。姥爷在后面大声叮嘱着。

这是一件必须由我来做的事情，这件事情谁也不能跟我抢。

在灶间外面，榆树下的光线略有些暗。我在拐弯处稍稍停了几秒钟，很快就适应了。在离灶间不太远的地方，在墙角，有一堆大致堆成锥形的麦秸，算得上是一个小小麦秸垛。

麦秸是今年的，已经晒干了，黄灿灿的，镰刀留下的切痕很清晰很整齐，从那里面散发出阳光火热的气息和麦子的香味。每日做饭时都要从那里抽取一些当柴火，抱到灶间里去，往灶底的火里填。被抽取的地方是在不太显眼的侧面，那里已经形成了一个凹进去的草窝。

这个麦秸垛上的小窝其实是一个隐蔽的产房。

在那里，我看见一枚鸡蛋，安静地待在草窝的中央。

我蹲下来，近距离地盯着它看了片刻，疑惑地揉了揉眼睛，确定它真的就在那里，看得见摸得着，并不是我的幻觉，一切都是真的了。这是一个奇迹，在简陋的土坯茅草盖成的灶间的外面，在粗石垒成的墙角旮旯，在人很少去的麦秸垛背面，在荒芜蓬松的草窝窝里，不知什么时候，竟忽然多出了一枚鲜亮的鸡蛋。周围顿时充满了喜庆，那个草窝窝的产房更是被照得蓬荜生辉。

我感到那枚鸡蛋知道我要来，它早就在那里等着我了。我克制着激动，把它拾起来，双手捧在掌心里。它还是温热的呢，上面留有一只母鸡的体温。这次是白皮的，不知为何有时候拾到的鸡蛋是红皮的。它薄薄的壳子上有几乎看不见的细密匀致的微小颗粒，类似皮肤纹路，那上面当然还有一些看不见的小孔，用来透气。

它是一只母鸡的爱。它是一只母鸡的慈祥和温柔。它是一只母鸡每天的留言，相当于日记，其体积大小大约跟这只母鸡的心情有关。它是一只母鸡吃进青菜、粮食和小虫子之后交出的答卷。还有，我长大之后会认为，它是一只母鸡的女性意识。

我对那只母鸡崇拜起来。她其貌不扬，身材臃肿，穿了一套中年妇女常穿的素色家常布衣；她的嗓音也不好听，不够高亢和清亮，有点沙哑，还说着一口难听的土话；总之她怎么看都像本村我那些拖儿带女的舅母们……可是她有一只神奇的屁股，一只有灵感的屁股，一只富有创造力的屁股，这只屁股说一不二，办实事。

这枚鸡蛋此刻那样具体那样沉甸甸地安放在我的掌心里。我的手还太小，一只手掌捧着它实在不够稳妥，故必得双手捧它，于是我更多出了一些敬重。我分明感到手掌里有颗小小心脏在跳，跟我身体里那颗心脏的跳动频率是一模一样的……我童年的太阳在头顶上照耀着，那么温暖，我想我若是在这大太阳底下多待上一个时辰，当温度足够时，手里的蛋兴许就会裂开一条缝，从缝里会钻出一只小鸡雏的脑袋来吧。我朝着堂屋一溜小跑，两根小辫子在脑袋后面飞起来，仿佛要拽着我离开地球。我听见姥爷在堂屋一侧的厢房里喊着我的小名，声音击打着木棂方格小窗上糊着的那层薄纸。他在孤独的后半生，有了我这样一个跌跌撞撞性子急躁的小孙女。他埋怨地喊道，你慢点儿跑啊，别把鸡蛋摔碎了。他的声音也像晌午一样温暖，我是一个幸福的孩子。

我说，来了，来了。我兴奋得慌慌张张，根本控制不了跑的速度，到了堂屋门口时还是被木门槛给轻轻地绊了一下。

还好，身体晃晃悠悠，最后保持住了平衡。姥爷已经从厢房走出来，站在堂屋门口迎接着了，手里举着一个大瓢，递了过来。他的手很宽大，皮肤粗糙得几乎赶得上粗颗粒砂纸，骨节和青筋从那手面上突显出来，早晨在田里翻整犁沟时带出的新土还像美德一样在上面沾染着，没来得及洗掉。那手还经常握了斧子，劈开一根根倔倔的硬木头，取出藏在木纤维里面的热量，点着炉子，取暖煮饭。那只瓢是一只硕大葫芦的二分之一个身体，它的另一半不知道去了谁家，它的末端细小，有柄，顶部圆粗，有肚脐——也都是只有一半的——这瓢大张着口，露着已经结了痂的当年的凶猛切痕，仿佛时刻都想跟失去的另一半重逢并相吻合，重新变回一只葫芦。这只大瓢比我要年长得多，外壁已被手摩挲得溜光水滑，是锃亮的棕色，先前一定是用来舀过面的，疙疙瘩瘩的内壁上挂着些面粉痕迹，发白的是小麦，微黄的是谷子，金色的是玉米。

那只大瓢里面已经有好几只鸡蛋了。我又把新拾来的这一只小心翼翼地放了进去，让它跟其他几只挨在一起，垒起一个正梯形。姥爷说要给我蒸鸡蛋糕吃，我说，不，我要吃炒的，放葱末。接下来，我开始数瓢里面一共有多少只鸡蛋：1、2、3、4、5、6……第一遍没数好，我又重新数，最后终于准确无误地认定共有11只鸡蛋。我的数学启蒙无疑就是从数鸡蛋开始的，遗憾的是，我长大成人之后，数学依然停留在数鸡蛋的水平上。

这是多么伟大的一天，云淡风轻，阳光普照，我在偏僻的麦秸垛草窝窝里拾到了一只鸡蛋。

许多年以后，在超市里看到一打又一打的鸡蛋被盛装进定型的盒子里，摆放在货架上。它们被贴上了商标，标上了价格，码上了生产日期。它们整整齐齐，它们规格统一，它们成千上万，它们批发零售，它们不再像过去那么易碎……它们是从养鸡场里出来的。鸡们在那里的流水线上过着无期徒刑般的集中营生活，以下蛋为己任，把自己当成下蛋的机器，在狭小的铁笼子里，一个挨一个地挤在一起，日夜被灯光照射着，吃着可以让身体快速膨胀的乏味饲料，在患禽流感之前早已先患上了抑郁症。鸡蛋的味道也随之变成了压抑和烦闷的味道，没有了麦秸的清香和阳光的温情。产下一只鸡蛋不再像过去那样稀罕，不再需要满院子跑着颠着传喜报。一桩原本值得骄傲应该受到尊敬的神圣工作现已变成了在终生监禁中严格执行的劳役苦工。当媒体终于报道出现了禽流感病毒时，大家对禽鸟类及其衍生物都避之唯恐不及了。有一天我在卧室里看电视，上面播出了我所在的城市高致病性禽流感已导致一人死亡的新闻，我忽地想起冰箱里那些刚刚买回来的鸡蛋，于是即刻感到浑身不舒服，似乎开始发热、鼻塞、头痛、流涕，出现了禽流感症状之幻觉。

在工作单位，在某个办公桌上立着一打从上到下的灰色小抽屉。我的注意力总是放在第二个小抽屉上，那里从不上锁，里面总是放着一些有用没用的表格、文件或信纸，纸张规格不一，纸片杂乱纷飞。那些纸都是用木材或者干草做成的吧，有一定的湿度和酸碱度，纸页上面偶尔会发现纸浆里没有完全被搅碎轧平的成分，还能看得出某种草茎的形状，它们被镶嵌在一页薄片片里打着草本的瞌睡。整个小抽屉里弥漫着植物的清幽之气，大地以这样隐蔽的方式向我唱出了它的牧歌。那大小不一的纸页堆积在一起，真的很像一个小小麦秸垛了，还有一个乱蓬蓬的草窝。我在其中翻翻拣拣，常常可以发现里面夹杂着刚刚寄给我的汇款单，那是收发人员放进去的，那些淡绿色的单子上有我的名字，有着邮局投递时盖上的黑色邮戳，有时一张，有时两张，多时会有四五张，它们大都是些数目不等的小钱，是我的零零星星的稿费。当然也有空手而返的时候，而每有所得，我便感到意外和惊喜，啊，我又拾到了鸡蛋，那上面似乎还带着写作时手指触摸键盘的温热。这些小钱刚好让我用来购买日常生活之外的那部分快乐，额外的快乐。假若得到的是一大笔巨款，大大超过了需求，那么它就只是一个令人麻木的阿拉伯数字了，也就失去了隔三岔五地在一大堆有纷乱纸页的抽屉里寻找和发现的兴致趣味了。其实，三十多年以来，我一直都在不停地“拾鸡蛋”，我的所谓幸福生活也无非就是到麦秸垛的草窝窝里去拾拾鸡蛋罢。

姥爷离世八年了，那座石头院子还在，只是再也没人住过，灶间外面早就没了麦秸垛，没了下蛋的母鸡。那只大瓢或许还在房屋厢房的木头柜子上放着吧？里面空空的，除了时光的灰尘，什么也不会有了……当年的一切都已成空。“当年”是哪一年？那个小孙女六岁之前的岁月，该是哪一年呢？

会祈祷的液体

这个春天，我的身体一直在中草药里浸泡着，我的身体是苦甜的，春天也是苦甜的。

我一天到晚地待在屋子里。我的皮肤是我身体的边界，我的衣裳是我这个人的边界，四面墙壁和地板天花板是我生活的边界——我那颗焦躁不安的心被包裹在这种种边界之最中央。我看见棕色的或绿色的杨穗子在窗外闪闪发亮，犹如千万只小槌，敲击着迷蒙的天空。我在春天来临之际病倒，差不多是倒在了春天的门槛上。

我被诊断为内分泌失调，就是说身体内部不再风调雨顺，发生了旱涝之灾。我想我的身体里一定有那么一条隐秘的大河，河面上落花飘零，涟漪荡漾，运载着天光云影。但是要让这条河总是这么正常地流淌下去，那么每隔一定时期就需要进行一番必要的整治，比如疏通河道，加高堤坝，甚至南水北调或者炸开厚厚的冰层。

给我看病的是一位上了年纪的慈祥的女医生。她问一句我答一句，她的实习生坐在对面的办公桌前详细记录。她给我按脉，像是在探寻我身体中那条大河的讯息——潮涨潮落，所流经的地形、流速、落差、水温、含沙量，还有水位。最后女医生问我最近是不是情绪有较大波动，特别高兴或者特别忧伤都有引起这种症状的可能。我疑惑地问，是不是有了好事情不能高兴，有了坏事情也不能忧伤呢？她笑了笑，没有回答。我想，看来要永葆健康，就得做到心如止水，心如死灰，这对我来说可真是太难了。要是那样，还不如不活着，即便活着，也没什么意思了。那医生最后写了个药方子，她像所有医生一样把汉字写成了近似阿拉伯数字的样子，这增加了那方子的神秘感。我把它折叠起来，小心地放进口袋里，像藏起一道神谕。

我去中药铺子里包药。那药铺是一幢石头的二层小楼，门前的黑色匾额上写着烫金大字：神农大药店。这药店的名字使我肃然起敬，一股远古洪荒之气扑面而来。从楼上传来捣药的声音，木槌带着深深的安慰和虔诚重重地砸下去，一下，一下，又一下，听上去是那样古老，已经在这个国度回响了数千年。我站在一楼的柜台前，柜台是那种老式的木质柜台，用黑色油漆漆得发亮，又比一般柜台要高出许多，衬托得我更加矮小。我须采取仰望的视角来看柜台里的一切。柜台里面靠墙立着的一大排柜子上有着成百上千个深棕色小抽屉，密密麻麻的。那些小抽屉上都镶着金色拉环，每个抽屉上都标着药名，百草的凝重味道弥漫出来，压迫着人的呼吸。这幢老式石头建筑的采光效果不好，大白天里一盏昏黄的白炽灯也是亮着的，亮得持久而疲惫，仿佛神龛里那落满灰尘的灯。整个药店里有着一种类似庙宇的氛围，使人感到有点儿敬畏和不安。我觉得自己不是来买药的，而是求签占卜的。

我求助于中医，是因为相信中草药里面包藏着太阳的秘密。在我看来，中药有一个并不多么高贵的黄铜一样的血统，但它们是多情的，它们的名字应该用繁体字来写，字体该是小篆或者魏碑：枸杞子、当归、熟地黄、附子、茯苓、杜仲、牛膝、山茱萸、泽泻——它们为了同一个目标走到一起，侃侃而谈，每一味中药都是一种潜台词。或者，也许它们是在联袂演出一幕戏吧，生旦净末丑，每个角色都有各自的唱腔、装扮和唱词，为着最后那个大团圆的结局。

我猜测我的身体是一个掌灯的房间，四壁之内总是幽幽地亮着。那盏长明灯是心脏吧，死亡来临之际就是灯火灭掉之时。那些深沉、庄重的药液缓缓流进去，渗透我的血管。那是些会祈祷的液体，夜以继日地对我的O型血进行着语重心长的劝说，对我偏执的人生观进行慢条斯理的修正，一场看不见的革命在悄悄地进行。那真的是些会祈祷的液体，它们带着大自然的法则，在我的身体里巡回布道，用和蔼的语调和缓慢的节奏，一咏三叹，循环往复，最终的目的是使得我的身体自愿地与它们押韵。

恐伤肾，喜伤心，忧伤肺，怒伤肝，思伤脾。岁月悠长，我的身体与中药签订了契约，我要面无表情，不动声色，什么也不做。那些中草药在水里浸泡，再放到火上一点点地煎熬。煎熬的过程其实是把那些草类的灵魂和肉体分离开来的过程。砂锅看上去像一头很瓷实的小猪，显得忠于职守，并想用它的黑灰色的威严压倒中药的苦涩。砂锅上方腾起的热气像一块飘动着的哈达。最后终于熬出来的那些深棕色汁液其实就是中国哲学。中国哲学是深棕色的。一个小圆筛子将药汤和药渣很有是非感地分开来，药渣被倒掉，如同没有价值的过时的道德观。药液被滤到一只白色塑料碗里等着喝，那只碗白得那么隆重而喜悦，仿佛是在赞美它里面的药液。

在等候药液由烫变温的那小段时间里，我的心情是好的，我觉得自己应该去找出《红楼梦》或《西厢记》来翻一翻。我想象自己多愁多病，住在潇湘馆里，斜倚榻上，绿云轻绾，写了一半的诗稿摆放在几案。纱窗外绿叶婆娑，屋子里烛影摇曳，春寒侵入薄薄衾被，身世之感涌上心头。应该常有人来问寒问暖："妹妹近来读什么书，吃什么药？"那有情有义的问候会使我的病情大大好转，那病在很大程度上也许是心病。

就像小时候把鼻子贴近新发的有油墨清香的课本书页就似乎嗅到西瓜味一样，中药使我闻见了一股八仙桌的味道，一种在老式衣柜里压放了多年的祖传绸缎大襟袍子的气味，一种使人可以梦见历史和线装书的气味。中药的味道还使我想起在我长大之前就早已过世的姥姥，使我想起我这个人是从一个无比久远的地方来的。中药里有丝丝的甜，那甜是深深地嵌到中药那重重的苦里去的。那甜是为了把那苦衬托得更苦而存在的，宛如颜色相反而粗细不同的两种条条杠杠相间的T恤衫图案，细弱的一方使粗重的那一方更为显著了。

我吞下一口药汤必须伴随着吞下两口糖，这样做似乎是要用加倍的享乐补偿所遭受的苦难。每当一口药被喝到嘴里，“良药苦口”这个成语就在心中念叨一次。良药苦口，良药苦口，良药苦口……就这样，在这个成语小锤子一般频频敲击下，我把一大碗药喝完了，功德圆满。

房间里的家具被浸润得那木纹与气孔中也散发出中药味来了，碳素墨水瓶里也有中药味了。整个春天被熏染了。这是一个深棕色的春天，我用深棕色来憧憬一切。

第三辑：精神坐标

在这个宇宙之中，只有此时此刻此地此境真正属于我，可是，此时此刻此地此境也正在消失吧。这种终将消失之感引发出来的悲愁，由于被放置在了一个无限大的参照系之中，而一下子又演变成了勇敢，甚至壮志豪情。

——《山巅之上是星空》

《山巅之上是星空》　　路画萌 / 绘

论篇末标署

翻看鲁迅杂文，忽然注意到那些篇末的标署。大部分都写得极简朴，无非是“二月二十三日，上海”“一九三〇，四，十九”“五月五日”之类的，可是有两篇却明显是在搞笑了，那篇《文艺和革命》最末标的是“十二月二十四夜零点一分五秒”，那篇《〈剪报一斑〉拾遗》的篇末竟标注了一长串文字：“八月二十日，识于上海华界留声机戏和打牌声中的玻璃窗下绍酒坛后。”我心目中的鲁迅先生从来都不是那种不苟言笑的斗士模样，而是一个很有趣很有意思的人，我认为他这样写的目的在当时只是觉得好玩，而无其他深意。如果说他如此标注是为了讽刺别人文章里那许多煞有介事的篇末标署方式，似乎也未尝不可，但我还是宁愿相信他只是为了好玩才这样写的。

我却由此联想开去了。

比如，有的人喜欢在文章篇末注上写于“病中”或“大病初愈”，甚至“胃切除手术后”“眼疾中”“牙痛之时”等，给人一种轻伤不下火线的感觉。读此文看此诗者往往会在不知不觉中就生出怜悯之心同情之意，即使那文字写得不够上乘，也不忍心太过苛求，毕竟人家是在那样特殊的身体境况下写的呀，能写就已经很不容易了。读完之后，未及做文本上的评论，只在心里悄悄地祝作者早日康复，祝胃部平安，祝眼安，祝牙安。

再比如，标署的时令季节有时也是大有深意的。像“大暑之日”“大雨之中”“雪后”等简洁的标注，是人皆会用的，已经算不上什么了。标注得越复杂越具体，用词越猛烈，效果才会越好，像“2001年秋高气爽枫叶红艳时节于加拿大魁北克寓所”“1981年冬至千里冰封万里雪飘之时”“1999年惊蛰迎春花萌放春寒料峭之际”“1998年盛夏大雨倾盆洪水泛滥之中”……总之这篇文章诞生的那刻是值得纪念的，与有人写自己“出生于甲午年乙亥月庚辰日深夜电闪雷鸣之时”可谓异曲同工。

至于标署地点，也许里面就更有学问了。如果标的是一个相对稳定的地点，次次都标上于清虚斋、荷香院或者枫庐什么的，也就没什么新奇的了。新奇的是标注一个临时的流动性的地点，那就显得意味深长了，像标上“2005年3月12日于济南飞往昆明的SC145次航班上”，那是在万米高空俯瞰着地球写的呀；“2006年1月6日杭州至南京1342次列车上”，那是押着火车轮子咣当咣当的摇滚韵脚写的呀；“1991年清明，沪杭道上”，很有纪念意义，令人浮想联翩；“2006年1月12日雪夜于北京后海星巴克咖啡厅”，多么“缘情而绮靡”的情调啊。迄今尚未见过标注写于牛车三轮车或公厕的，可能是因为那样的场所档次太低，一来写字不方便，二来听上去不雅，有辱斯文。那标出的临时性地点还可以提醒读者，此诗文乃灵感忽现时提笔挥就，带有瞬间的才气和灵光，有着流星划亮天际时的辉煌和喜悦以及难以捕捉的珍贵，完全不同于那些在常规的书斋里闷头闷脑制作出来的笨文拙章。是的，光那不凡的写作地点就足以令人仰慕了。当然也有类似“2000年初春于梨花盛开时节，刘家峪乡下土坯老屋中”这样的标署，那其实风雅得更上一层楼了，是在标榜返璞归真归去来兮呢，自比陶渊明兄了。

我也不能免俗，此文最末也有标署，请读者往右下角瞧吧。

写于2006年10月6日黄昏中秋月将圆之时泉城南郊
杨树庐窗下飒飒秋风中一块A·里牌莲蓉蛋黄月饼旁

撕书有理

在美国电影《死亡诗社》里，英文教师约翰·基廷在诗歌鉴赏课上，要求一个学生站起来朗读教材的序言部分，那里面提议可以引入数学坐标系统来理解诗歌，把一首诗歌在艺术上的得分标画在横轴上，把诗歌主题的重要性的得分标画在纵轴上，然后二者相乘，计算出覆盖面积，最终以所得面积大小来判断一首诗的优劣。基廷老师认为这种把诗歌量化的观点是“狗屁”，因为这是在谈论诗歌而不是安装水管。于是他建议全班同学动手把自己手中教材上的那一页撕掉，后来干脆要求把整章序言部分统统撕掉。学生们开始动手了，他鼓励着：“撕！撕！撕！”他说：“这是一场战斗，战争。受害的可能是你们的思想和灵魂。”那撕书场面热烈而快活，结果是大家把那一章都扯下来撕得碎碎的，掷纸篓里去也。我想，基廷老师的课这样讲下去，每讲一章都得撕一章，到了学期末，一本教材正好全部撕完，书没了。

跟这部电影中被撕的那部教材相比，其实我们现在正在使用的许多文学教材毫无疑问也应当在这类被撕的行列，它们甚至比电影中提到的那部教材还要蠢。如果那部教材按基廷老师所说是狗屁，那么我们正在使用的许多文学教材就连狗屁都不如了，连撕的价值都没有，撕还得费力气，它们应该直接扔进茅厕或送到造纸厂。

倒是有真正好的文学教材。好的文学教材从来不把任何文学理论当成《圣经》，去吓唬读者，也从来不会搞出一套动脉硬化了的标准，让读者对它俯首帖耳。在这里要提到新批评派的两本代表作：《理解诗歌》和《理解小说》（或译为《诗歌鉴赏》《小说鉴赏》），是由布鲁克斯和沃伦合著的。布鲁克斯就是那个文学批评家和教授布鲁克斯，沃伦就是那个获过一次普利策小说奖、两次普利策诗歌奖、当选过美国第一任桂冠诗人并且几乎教了一辈子书的全能作家沃伦。这两部书在美国和西方其他国家的大学里是经久不衰的文学教科书，都是以文选形式来组织全书的，只是以文体要素为依据对文选进行了大致的分类，在每一篇经典作品后面都附了编著者的话。编著者紧扣文本，从不饶舌，只是给出简要的背景分析和导读，并不出示霸道的标准答案；另外，还附上了三五个带有提醒和暗示作用的问答题，那是一些不可能有标准答案的问答题，不同读者可以根据自我经验有着不同的理解，这如同给了读者一块酵母，让他们自己去发一个大大的面团。这些导读和提问，字数都不多，所占篇幅加起来也不过半个页码或一个页码，但是它们全都渗入了作品的肌理并且深深进入作品的内部，有着点中穴位一样的作用，是读者理解文本的重要钥匙。这些导读和提问都是安静而优雅的，都是既有趣又感性的。比如，在华莱士·史蒂文森那首著名的《坛子的逸事》后面，对于那奇妙的第一句“我把一只坛子放在田纳西”，教材进行了这样的分析：一个人可能会说“在田纳西，有一次，在一个山上，我往地面上放置了一个坛子”，虽然这确实是作者在这里要说的意思，但现在却采取了一种将平常意思歪曲了的奇妙方式表达出来，一个人可以把坛子放在架子上，放在桌上，放在门前台阶上，但如果说“我把一只坛子放在田纳西”，则暗示着什么呢？这使我们产生了一种模糊的奇想：有一只手正握着一只坛子在移动，以一种非同寻常的方式，横穿了肯塔基或弗吉尼亚，也许，仿佛正穿越着一张地图，然后，发现了在田纳西有一个真实的小山，正好可以把那只坛子放在那山顶上……

还是在电影《死亡诗社》里，在基廷老师给学生上的第一堂文学课上，他由惠特曼的诗《哦，船长，我的船长》引出话题，要求孩子们要向死而生，要抓紧时间、热爱生命。我联想起我在美国克瑞顿大学书店里买的一本《诗歌手册》。新学期伊始，大家都去书店买开课老师指定的书目，书基本上都是以前学生用过的半新不旧的书，这本《诗歌手册》正是这个大学英文系的写作课教科书之一。此书是由两个在其他大学里任教的女作家（Kim Addonizio & Dorianne Laux）合著的教材。书中以交谈的口气来讲解诗歌写作，娓娓道来，笔调准确而优美，每一章都可看成是不错的散文随笔。第一章主张诗歌写离自己最近的日常生活，而在这些琐细的生活里就包含着死亡、欲望和生存意义等重大主题，还举例说，由丢失了钥匙这一小事情，可以进一步联想到我们生命中的一切丧失以及对死亡的恐惧。还指出对于自己没有直接经历过的事物，可以以想象为桥梁而抵达，举的例文是诗人苏珊·米切尔的《死者》。活人想象那些死去的人会在夜晚下到河岸边喝酒，会找到回家的路，爬上阁楼读信，在厨房里彻夜狂饮。第三章叫《死亡与悲伤》，课后作业的十道题目全与“死”有关，让学生们回忆自己最早和最近所面对的有关死亡的经历，写成诗歌；想象自己已死，把对活着的人想说的话写成诗歌；用诗歌给死去的人写一封信；选择近期报纸上刊登的陌生人的死亡事件，把自己的感受写成诗；用诗写出自己参加过的一场葬仪，同时主张对于真实经历过的场景中的快乐和美丽也不要回避，等等等等。基廷老师和这本《诗歌手册》都把“死亡”当成文学课上的首要问题提出来，因为如何面对死亡是人生最大的问题，也是文学最大的问题——这正如哈罗德·布鲁姆《西方正典》里的观点，他认为阅读经典文学作品的真正作用是增进内在自我的成长，经典文学的全部意义在于使人善用自己的孤独，而这一孤独的最终形式是一个人和自己的死亡相遇。

没错，坏的文学教材充斥泛滥着巫术般的理论，为的是掩盖艺术感悟力的不足和缺乏，而好的文学教材都是平易近人的，除了把文学本身讲清楚弄明白，甚至还可以以它的智慧、独立思想和丰饶而最终超越文学，成为更有价值的存在。

如果遇到的是一本好的甚至是美丽的教材，基廷老师和他的学生们怎么还舍得去撕呢？

山巅之上是星空

速度节省了时间，医学延长了寿命，遗憾的是，却发现这一生并未变得更加漫长，相反，倒是变得更加短促了。时间似乎被安装上了加速器。可见，时间和空间并不是绝对数值，天涯海角变成了隔壁，所谓相思、乡愁、遥远、离别，这些词语，都需要被重新定义，而在任何时候都不会被重新定义的，只能是那些具有恒久性的事物。

中秋时节，约了两个好友去山中小住，为了能够夜里跑到山巅上去看星星。人到中年，出城进山，只是为了看星星。这片山区正好处于四市交界的地带，随便一个转身，就从一个城市到了另一个城市。从总体上来说，这算是群山之中的一大片高爽的台地，而台地边缘同时还有更高的山巅。天渐渐黑下来了，我们爬到高处，在荒野里，仰着头。

因为空气质量和城市灯光等原因，已经许多年没有看到星星了。原以为它们也许都已经消失了吧，没想到它们竟一颗不少地还挂在那里，一颗又一颗，伶牙俐齿。有的远，有的近，大小和亮度不一。它们如此密集地聚在头顶上，使人狂喜的同时，其强度和烈度竟还产生出一种让人喘不过气来的重压。很久没有这样长时间地仰望夜空了，想到看上去相距很近的星星之间的实际距离其实要以光年来计，要动用宇宙飞船走上很久，想到地球不过是这浩瀚银河中的小星一颗，想到自己不过待在这颗小星上的极小的一隅，想到自己在这宇宙间连一粒尘埃都算不上……

当我们站在那里仰望满天星星时，在我们水平正前方不远处，两千五百年前的齐长城正蜿蜒着从山脊上经过，墙体颓败到需要辨认才可以约略地看出大致形状，而且仍在继续风化着。忽然，视野里出现了一架夜航的大型飞机，在空中移动着，闪烁着红色的眼睛，很容易就可以从星群里把它区分出来。我联想起了那首著名诗篇里写过的那只田纳西的坛子，此时的齐长城和夜航飞机，它们在荒野里像那只坛子一样，显得突出和警醒，只是由于它们均属于人工制品或者人类活动的痕迹，它们不同于这荒野里别的原有的其他事物——那些并非出自人类之手的事物。是的，齐长城和夜航飞机，不同于岩石和草木，不同于头顶的夜空和星辰，跟这荒野之中无知无觉的永存之物相比起来，它们作为人类造物，是终将要消失的，是不堪一击的，于是它们也更敏感、更丰富、更有情，更有温度。

任何生命以及经由生命创造出来的事物毫无疑问地都带有局限性。永恒之物的冷漠、重压和必然性此时此刻正反衬着短暂之物的多情、胆怯和偶然性。其中，那最脆弱的也是最富有激情的，那于存在之中不可避免地包含了忧闷烦愁甚至或许还包含了恐惧与紧张的，毫无疑问，应该是人，尤其是此时此刻此地此境中的人。

这里形成了一个坐标：以星空来表达空间含义的横坐标，以齐长城之两千五百年历史和夜航飞机之现代性一起来提示并共同指向时间意味的纵坐标，还有，以地球上这片山巅当了原点，正在看星星的我，已到中年的我，模拟陈子昂的我，则是这个坐标系中的某个质点。

在如此巨大的一个坐标系中，在永恒之中，我是无限渺小、无比孱弱却又极其真实的一个存在，有诗曰："空间过于可怕 / 时间过于可悲。"夜色弥漫，迎风而立，我真切地感受到：天体在运行，地球在脚下旋转，植物在秋天散发出类似叹惋的气息，蟋蟀竭尽全力让带颤音的鸣叫笼罩四面八方，一个又一个刹那和瞬间正在产生，同时又在消失……这一切感受，都是我活着的证明，是的，我活着。

我活着，正是活在此时、此刻、此地、此境之中。原先我身上所携带着的一切具有社会意义的标签，在这个夜晚，它们都被摒弃在了绵绵群山之外。它们原本也只是暂时粘贴在我身上，其实并不真正属于我，如果将它们放置到这个山巅上、这个秋天的星空之下，它们无疑都是虚妄。我所经历的爱情，一桩桩皆成云烟；我读过的书，写下的字，在疲倦的岁月中变得洇漫和模糊起来；我的亲朋，有的逝去有的变老，我所经历的沟沟坎坎，差不多都已被回望时的慈悲目光填平……没错，我所至爱的一切，牵挂的一切，都将很快从这个坐标系中消失——因为我这个质点终将消失，而永远不会消失的，是这个由空间和时间组合成的坐标本身，也许这个坐标在未来的什么时候也会在某种程度上发生改变：弯曲、折叠或者压缩，谁知道呢。

在这个宇宙之中，只有此时此刻此地此境真正属于我，可是，此时此刻此地此境也正在消失吧。这种终将消失之感引发出来的悲愁，由于被放置在了一个无限大的参照系之中，而一下子又演变成了勇敢，甚至壮志豪情。当一个人肯直面个体的和人类的困境，直面无缘无故的不确定和变数，直面深不见底的空洞与寂寥，明知把握不了，却不再逃避不再自我安慰的时候，一定会从脚后跟直达天灵盖产生出巨大的激情。这个人将从此获得自由。古罗马斯多葛学派的哲学家塞内加喜欢观测星空和天象，每颗星星都有自己的运行轨道，秩序有条不紊，从这一颗到那一颗的距离无比遥远，每颗星星都是一个独处的星球，它们寂寞，却全都欣欣然，安安静静，永远不用吵闹来证明自己的存在。大自然永远是镇静的，因臣服于上天的意愿而自足自得，大自然有自己的时间表，该怎样就怎样。正是在这样的天文观察和研究中，塞内加渐渐克服了那个尼禄皇帝随时会杀掉他的惊恐情绪，学会了顺从命运，直至最终从容赴死。他说：“何必为部分生活而哭泣，君不见全部人生都催人泪下!”是星空抚慰了他，是星空教育了他，是星空拯救了他。

这个世界终将过去，只有上帝的话会永存。上帝的话，在这里指的就是真理，绝对真理。我曾经贪恋世俗，欲念丛生，面对肉体生命的短暂和人生的无常，我曾经要求自己抓紧现世的眼前的种种事物，企图用一种不永恒去填充并拉长另一种不永恒。就是这样，我的眼睛并不多么清亮，我实在不配谱一曲高歌猛调来唱。只是人生过午，太阳偏西，总算于内心深处认识到了自我之卑微，意识到了人的局限性，不得不引发出这样的想法：今生真正属于我的，唯有此时、此刻、此地、此境，唯有仰望星空，仰望那上帝之城。

现在我还在写诗。我身体里似乎有一个巨大的虚空，正是从那里产生出诗来。我永远不知道自己写得好不好。我永远不自信。很多年来，不知道为什么，我跟那些在文学上尤其是在诗歌上自信心十足的人总是成不了朋友。从前我是什么都写的，后来我放弃了写小说，只写诗和散文随笔。我知道这样下去，再往后发展，我还会扔掉散文随笔，而只剩下写诗，这样一直下去，真的到了最后的时候，就会连诗也不写了。诗歌因没有小说的长度，没有散文随笔的宽度，而直接攀缘到了至高点。诗歌就如同今夜的山巅，它的上方是星空。我抛下平原、峡谷、浅滩、沟壑、盆地、山坡，一直跑到这个山巅上来，只是为了更清楚地看到星星。

我的力气并不大，却奢望着有朝一日能够把诗一直写到山巅上去，并且够到天上的星星。

诗歌要么什么都不是，要么就应该追求像星空那样恒定久远的特征，或者至少成为探求恒定久远的事物的一种手段。诗歌在本质上是一种“慢”，一种“苍茫”，一种“远”，有着向未来敞开的不确定性和无限可能。针对当下，诗歌是机器时代的手工，是对于网络世界里平均主义和最大公约数的叛逆，是整个时代在飞机上你还在骑毛驴，整个民族都走高速公路你还走在山间古道，是全社会都追求成功而你却在失败里发现了美好，是“我在这世上已经太孤单了，但孤单得还不够”。诗歌是对于数学和经济学的脱离，是在非此即彼的躁狂时代保持斯文，是在相信痛苦和相信白日梦之间举棋不定，是无论时空如何折叠和弯曲都不会成为隔壁——诗歌就是一个人的海角天涯。

永别了，德尔苏

大约在十多年前，我第一次读到了《在乌苏里的莽林中》，这是1977年商务印书馆作为内部资料出版发行的。五年前，我又读到了这本书的新版本，2005年人民文学出版社再版的。如今老版本新版本一起放在我的枕边。这是一部需要静下心来阅读的书，是一部莽莽苍苍的绿色之书。在上下两卷里，对于原始森林景观、山川地貌、动植物以及自然现象的即时记录与忠实描写，其细微，其严谨，都是那些单纯的文学书籍望尘莫及的。作者是苏联的阿尔谢尼耶夫。作为一个地理学家，一个野外探险队员，他的笔法的科学性和准确性，正是那些惯用夸张、比喻、象征等手法来使事物变得更加模糊和悬浮的文人们所欠缺的。与此同时，这些描绘大自然的文字又极具感性和直觉感悟力，不时渗透出斑驳的诗意，有着俄罗斯文学中的神性、哀歌、苦难、爱等重要元素，有着在现代文明坐标系中对于人与大自然关系的重大思索，这部书因此又超越了一般意义上的地理考察报告而具有了文学价值和人文意义。

贯穿全书的重要人物是那个为作者做向导的德尔苏·乌拉扎，那个稚气、直爽、善良、机智的赫哲族老猎人。他孤身一人，以原始森林为家，天当房地当床，能根据踪迹辨认甚至复原人和兽的活动，能通过对飞禽的观察做出天气预报，能利用一身绝技化险为夷。他是一个万物有灵论者，把大自然中的一切有生命的没生命的都统统称为“人”。他认为鱼会骂人，他把茶壶里正在呜呜煮开吱吱乱叫的水叫成“坏人”，认为鸟是老实人。他认为木柴烧不好的炉子是坏人，所以对着炉子大发脾气，在他眼里树木当然也是这样那样的人。他是一个从不滥捕动物从不乱杀动物的有原则的猎人，受到老虎威胁时，他要絮絮叨叨地对着那老虎说话，做一番思想政治工作，劝说老虎走开。如果老虎答应走开，他就不开枪了，如果老虎实在不肯走开，他才会开枪——在误伤了老虎之后，他非常不安，觉得自己早晚要去给老虎抵命，到阴间也得偿这笔债。他对乌鸦也那么体贴，阻止要对它们进行射击的士兵，认为这些乌鸦不碍事，不会对人造成影响，它们只是想在人们走了之后再从树上下来吃剩余的肉。离开途中偶遇的窝棚时，他把米、盐和火柴用桦树皮包好放在那里，留给将来路过此地的素不相识并且永远不会相见的下一个人。这个“野蛮人”比“文明人”更讲仁爱。他不求任何回报，他这样做只是出于对宇宙中或人世间普遍法则的遵循，或者说，他这样做是出于责任——这正符合康德对于真正的“善”的定义。

德尔苏这个人其实就是大自然的一部分。他对现代文明的认识幼稚得令人莞尔。他把墨水叫成“脏水”，并十分珍惜，因为在他看来，人说出的话，只能传到附近的空气中，很快消失，而一旦被塞到这种盛脏水的瓶子里并落到纸上，就可以流传上百年了。他听完录音机里自己讲的故事，并不感到惊奇，而是把那台录音机当成了一个人，夸赞那录音机：“他的，说得不错，一个字漏掉的没有。”

当本书作者最初邀请德尔苏一起到方便舒适的城市居住时，他回答：“住在城里，我很快完蛋。”后来对原始森林的考察告一段落了，作者对这位多次救过自己命的赫哲族猎人充满感激之情，带着他走进了城市。在天花板和墙壁之间，德尔苏果然烦躁不安起来，怀念着生活了大半生的原始森林，竟提出了到大街上去露宿的要求。他对商品经济更是无法理解，看到拿着钱去买柴火和付水费，他大惑不解地提出抗议。最后他终于向作者提出了放他归山的要求，不料却在返回途中，在森林里睡着时被盗贼害死了。读到这里，我想到了《庄子》里那个“浑沌之死”的故事：“南海之帝为儵，北海之帝为忽，中央之帝为浑沌。儵与忽时相与遇于浑沌之地，浑沌待之甚善。儵与忽谋报浑沌之德，曰：‘人皆有七窍，以视、听、食、息，此独无有，尝试凿之。’日凿一窍，七日而浑沌死。”虽然德尔苏死于一个偶然事件，但这最后一个“森林之子”的死相对于早已开始的现代工业文明进程来说，却带有某种必然性。庄子主张自然人性论，“浑沌”是什么？是自然的原生态，是人的原生态。这部《在乌苏里的莽林中》记录下的正是20世纪初乌苏里山区原生态的大自然和原生态的人，可是这美丽而神秘的乌苏里的莽林如今安在？其命运亦早已是“七日而浑沌死”了。

在书的结尾，作者已经提到了德尔苏死后几年之中乌苏里地区的巨大变化。市镇建设不断向着原始森林拓展，一切都在按照所谓的人类文明的观念改变着模样。作者以“永别了，德尔苏！”作为最末一句话，结束了全书——这句话不仅是在向德尔苏这个原生态的人永诀，也是在向着行将消失的原生态的乌苏里大森林永诀。我这个一百年之后的读者坐在水泥楼里望着窗外漫漫的沙尘暴，一次又一次捧读此书，终于读出了这句诀别之语背后旷世的孤独和哀伤。

群峰之上正是夏天

我踏上山中落叶缤纷的小路
我渐渐看不清了，然后我完全消失
群峰之上正是夏天

这是获过两次普利策诗歌奖并在2010年荣任美国桂冠诗人的W. S. 默温曾经写下的诗句。诗里有着辽阔的寂静，有着松散的抒情音调和自由的行吟风度。这些特点很可能来自他早年对法国西南部12世纪行吟诗人作品的研读和翻译。

W. S. 默温在大学将毕业的那个学期，去圣伊丽莎白精神病医院看望大诗人庞德。庞德向他强调了下列观点：要成为一个好诗人，就要学习母语之外的语言，这样就可以不受制于翻译，就可以回归原文即事物诞生的地方，就可以阅读种子而非嫩枝，最终结果是用其他语言来挖掘母语的表现力，更好地运用母语进行创作；他还认为，对于像W. S. 默温这样的初学写诗者，最好是去学习最贴近音乐的普罗旺斯文学。于是在庞德的启发和建议下，W. S. 默温去了欧洲，去了法国西南部乡下，在八九百年前行吟诗人驻足流连过的山野乡间漫游，寻找他们过往的踪迹和留在天地间的气息。他最大胆的行为是用堂姑母留给他的一份八百美元的遗产买了一幢被遗弃的古老的乡间住宅，零星间隔居住逾十年。

W. S. 默温在那里学习欧西坦语，即普罗旺斯语，这是一种只尚存在于某些偏僻乡间并行将消失的语言，况且工业文明正以进步的名义加快着这种语言被遗忘被摒弃的速度。W. S. 默温在20世纪50年代到达那里，当时还没有关于这种语言的语法书和词典，更无人教授。学习这种语言得靠自己在日常生活中留意，要靠跑到田间地头听村民分析高地谷仓起火的原因来学习，要靠在篱笆围墙旁跟人谈论西红柿枯萎病和移栽韭菜的问题来学习——这可是欧洲文学史上那些伟大的行吟诗人使用过的语言，那些田园牧歌和叙事诗已经活过了这种用来写它们的语言，已经活过了它们赖以生存的那种文化。从大西洋彼岸来的这位青年诗人正怀着无可挽回的丧失感，心醉神迷地学习着。同时，那些城堡废墟，那些有围墙和拱门的磨坊，那些峡谷里的湍流和小溪，那些山坡上被遗弃的石屋，那平畴沃野，那些长在斜坡和洼地的金雀花、黑莓、山茱萸、黑刺李、橡树、葡萄藤和山楂树，还有暮春时节从云霭里露出的日光，都时时加深着他对中世纪行吟诗人传统的理解。他对于美丽乡间的私人探索里也因此带有了历史的连贯性。

到骑士抒情诗的发祥地去，到诗歌的源头去，从诗歌原文里寻找到那种穿透时空的魅力。就这样，与庞德的情形相似，诗人默温同时也成了翻译家默温，翻译家默温又更大更好地成就了诗人默温。他是一个懂西班牙语、法语、拉丁语、意大利语、梵语、意第绪语、中世纪英语、日语、盖丘亚语的大诗人。

当然，也有诗人是反对学外语的。当年西班牙诗人洛尔迦访问美国纽约，在哥伦比亚大学注册后，他十分担心英语会抢母语的地盘，所以拒绝学英语。他的英语只能说“冰激凌”“时代广场”，到饭馆里只点“火腿鸡蛋”，在学校里最喜欢说一句“我什么也不懂”。而激流岛上的顾城——这个中国的洛尔迦——也拒绝学英语，理由同样是保护母语的纯粹性，于是他做了语言孤岛上的鲁滨逊，跟自己的儿子也说不得话了。洛尔迦和顾城都是任性和偏执的人，在这个问题上，除了认可他们的天才之外，无理可讲。

其实，对于一个母语力量足够强大的人，任何外来语都不可能破坏它而只能补充它、丰富它。外语和母语相互映照，可以帮助我们通过另外一种语言重新找到自己的语言，找出词语和经验相联系的最真实的部分，可以取长补短，增强我们对语感的控制力。母语是存在于血液里的，是一个人语言的DNA，怎么可能轻易地被外语改造呢？再说，退一万步讲，即使我们的母语真的由于与其他语种嫁接而被转基因了，却因此增强了活力，也未尝不是一件好事情。

W. S. 默温是在一本叫《五月之诗》的地理随笔集中写自己青年时代旅居法国西南部乡村的这段不平凡经历的。普罗旺斯地区有庆祝春天和歌颂爱情回归的风俗，在行吟诗人时代还没有玫瑰，正在开放的白色山楂花闪闪发亮，就成了示爱的语言，山楂花也叫五月花——而五月，而春天，正是行吟诗人和整个抒情诗时代的标志性月份。

T. S. 艾略特强调过欣赏另一种语言的诗歌的重要性，认为诗人可以从与他自己不同的语言的诗歌中获得巨大收益。那么，在原文和翻译文本之间，谁是本质？不言而喻。尽可能地回归原文，一个人的阅读才会真正开拓出去，回归到自然和理性，才可能感受到“群峰之上正是夏天”吧。

诞生夫子的产房

我两次去曲阜尼山，都是陪伴着或者说带领着美国人民去的。这很有趣，仿佛我正肩负着伟大使命，向西方输出中国的传统文化。

某年初夏，也可以说成是暮春吧，记不得是哪一年了，反正是一个五月中旬，我陪着美籍华人小说家和哲学教授袁劲梅去了一趟曲阜。劲梅在美国中部的一所大学里教逻辑学和中国哲学。我们俩下了火车便直奔尼山而去了。

相对于曲阜城里的“三孔”，我其实更喜欢距离城区将近三十公里的尼山，这里有荒野感。尼山是孔子诞生之地。这个国家的第一圣人，竟出生在荒野里。荒野的意义恰恰在于它永远生机勃勃，具有孕育和繁殖的能力，具有生长和原创的力量，正如人的思想一样葳蕤，生生不息。尼山，一座东方的小山丘，就这样因为孔子的出生而被载入人类文明史册。

相传，孔子的父亲叔梁纥和母亲颜征在曾为孕育后代而祈祷于尼山。孔子那身怀六甲的母亲有一天，那是哪一天？——当然是公元前551年的9月28日，这是我中学学历史时背诵得滚瓜烂熟的一个重大日期——颜征在在尼山附近劳动或者正路过尼山，走到半路，忽然肚子疼起来，来不及回家，就在尼山的一个山洞里把孔子生了下来。这个洞后来被命名为“夫子洞”。夫子洞，其实就是诞生过孔夫子的那个“产房”。

我和劲梅要去参观这个全中国最了不起的“产房”。

中国有无数个山洞景点，其中关于名人的读书洞就有不少，比如，屈原读书洞、梁山伯祝英台读书洞、马融读书洞、范仲淹读书洞、王阳明读书洞……他们把山洞当书房，大概钻进幽深的山洞里去读书，除了冬暖夏凉，还会在恍惚之中产生返祖的错觉，得以忘却外面世界，只与凹进山体的岩石独往来，在封闭之中，容易集中精力背诵和思索，灵感也不会轻易被风吹跑。可是相比之下，自进入有文字记载的中华历史以来，有关名人在山洞里出生的记载，也就是把山洞当了产房的，好像唯有这尼山夫子洞一例呢。

曲阜城外的尼山，属于泰蒙山系余脉的边缘。几个山头相连，呈椭圆形，中间靠东的那一座小山丘，在它东南方向的山脚下，有一个山洞，就是夫子洞了。夫子洞的上方，有一块块山石镇压着。这座山洞的高度约有两米，宽度约有一米，洞内深度约有三米。洞门口斜上方，一侧的石缝里，伸出来一丛柏树枝，绿绿地生长着，装饰着相当于门楣的那个位置。进入洞的内部，洞的顶部，从门口上面伸向里面的，恰是一块完整的平板状长方形巨石，平放着遮挡，构成了一个天然屋顶。

进入夫子洞的内部，俨然就是进入了一间石屋。洞的南侧有一个天然的石床，高出地面约半米，也就是所谓“产床”了。石床的里面一端，似有略微高出来的突起，似一块石枕。洞内北侧倚着洞壁正对着产床的地方，还有一块石头，形似石凳。

两千五百多年前，就在这个石洞里，诞生了一位东方的思想巨人。

最令人惊喜的是，这洞内还有一股清泉。泉自洞壁石缝喷溅，沿峭壁流淌下来，在石床石枕旁边汇成了一个清明透亮的小水潭。可以清楚地看到那有着晶亮沙粒的潭底。于是，洞中清凉无比。我让自己仰躺在那石床之上，枕着石枕，望着洞顶的峋石，想象了一下初生的婴儿孔子当年躺在此处的感受，以及那响亮的啼哭之声。接下来我又俯下身去，到那泉边双手掬了一捧泉水喝下了，那泉水是孔子母亲颜征在和初生的孔子喝过的水呢，甘美清澄。嗯，不错，一出生就在泉边，离泉如此之近，泉水触手可及，不小心也能掉到泉水里去，难怪孔子有过“智者乐水”的比拟，并一生爱水。

关于孔子的出生有各种各样的说法。有野合说，有父母老夫少妻而父早亡说……总之，这个事实上后来由单身妈妈养育起来的身世不甚明了的贫且贱的苦孩子，这个很可能不是依礼制结合而生下的孩子，最终竟成了中国历史上以礼学来救世的道德大家，是不是有点儿讽刺哦？其实也并不奇怪，一个人在乎的和向往的往往正是自己缺乏的。他儿时的玩耍方式，就是把祭祀器具拿出来练习行礼，也许那是一个孩童在以并不确定的方式对那从未见过面的至少是不怎么熟识的父亲进行怀念和遥想吧。

这个生在山洞里的孩子从一出生就备受歧视倍感压抑，大半生挫折，累累若丧家之犬，而天赋的智慧最终还是顽强地从命运那幽暗的地下岩层和逼仄的嶙峋峭壁里喷发出来，泽九州，泽万世，就像这洞中至今还在喷冒的泉水一样。

劲梅从双肩包里掏出来一个有着录音录像功能的照相机，把那洞的里里外外都录了视频。那音频里录进了明显的水声，播放时声响很大。她要把这视频带回去，在课堂上播放给美国学生看。大洋彼岸的人在观看时，听到这泉水声，当想到这是来自中国哲学源头的声音，这是来自东方文明源头的声音。

尼山周围确实多水流，有一个相对自我完整的水系。夫子洞南侧，有一条叫作智源溪的沟涧。沿溪水往上，会抵达半山腰的尼山孔庙，那附近建有观川亭。据说当年孔子就是站在那个位置，观看经过尼山附近的小沂河和泗河等五水汇流，发出了那句著名的感叹：“逝者如斯夫，不舍昼夜。”我和劲梅那天在往尼山来的路上还经过了水量很大的尼山水库——也叫圣水湖或孔子湖。它看上去更像是一个有着野味和野趣的湿地。20世纪50年代为了修建这个水库，此处村庄搬迁至他处。有一个村庄原址被水淹没了，如今就在水库下面，这就是颜母庄原址，即孔子的姥姥家。据说当年日本鬼子进村时，得知此地是孔子的姥姥家，就鞠躬绕行，往别的村子烧杀抢掠去了。

尼山并不高大。我和劲梅或翻山或绕山，随意而行。山上草树茂密，野花朵朵。我们走到了尼山书院。书院门外的草坡上，一株砖红色的金鸡菊看上去像是刚刚迎风绽放。书院东南方向有一大堆堆砌的巨石，是一个巨石群。忽然一只黑色的野狸猫出现了，并机灵地从石缝中逃窜。作为一个诗人，我一直同意并遵循着夫子那“多识于鸟兽草木之名”的教导，一看见不认识的动植物，就着急，欲知其名，以待写进我的诗里去。

我们走在山中一条细窄的石径上，边走边聊。我忽然想到一篇著名的八股文来。1700年，也就是康熙三十九年，那届科举试题是从《论语·先进》的《侍坐》章里摘出半句当考题：《铿尔，舍瑟而作》。有一个叫陈聂恒的人，把这文章写得很漂亮，考中了进士。“铿尔，舍瑟而作”说的是学生曾点停止鼓瑟之后，在瑟的袅袅余音中站立起来回答老师孔子的问题。这个考生在此文中对曾点在这一特定而短暂的时刻所展现出来的从容洒脱的风度进行了集中的描写和论述，指出了外貌风神的超凡脱俗其实与精神境界的纯正高远是相一致的。考生这个观点，恰好可以使读者自然而然地联想到曾点接下来就要陈述的那一番话“暮春者，春服既成，冠者五六人，童子六七人，浴乎沂，风乎舞雩，咏而归”的内容。这样的诗意理想，与上述他本人的清新气质和美好天性是多么契合啊。这是一篇格式严整、思维缜密的八股文，同时也是一篇不可多得的美文。相信孔子作为爱美的天秤座人士，对于外貌风神一定是相当关注的。他若读过此篇科举文章，想必也会像说“吾与点也”那样，再次说上一句“吾与恒也”。

五月中旬，还勉强算得上是暮春吧。那天，我和劲梅正是穿着快要穿不住了的春装，在尼山上游玩了小半天。虽然没有跳进小沂河里去游泳，却在观川亭眺望了一下尼山不远处可以游泳的小沂河（看不分明究竟是小沂河还是泗河，抑或其他支流），然后吹着风，唱着歌，踏上了回程的火车。

没想到，又过了几年，我再次去了尼山，去了夫子洞。这次是陪着一对美国白人夫妇去的。小说家Marry Helen连续好几年暑假都要来中国，在中国人民大学讲授创意写作课，陪她来的是她的丈夫——爱荷华大学生物系教授兼摇滚乐队歌手。

清楚地记得那是2015年，已经是八月底，算是初秋了，但天气依然特别热。这两个美国人，大老远地跑来，来看一个山东老头儿。

我领着他们直奔尼山，打算先看了夫子出生的“产房”，再去城里看“三孔”。

这次夫子洞有了变化。山洞前面，相隔几米开外，就已经安装上了木质防护栏杆，人无法进到洞中去细看了，只可远观。这次望进去，夫子洞里是没有水的，看来这时节的泉是干涸的。看来夫子洞里的泉是间歇泉，与时令、天气的变化是有密切关联的，并不是长年流水。孔子出生的时候，那时候自然环境比现在要好得多，里面的泉水想必是丰沛的。

陪着两个完全不会讲汉语的美国人，全程都等于在考英语，而且考的还是我最差的听力部分。彼时，我大大落后于时代，依然用着非智能的翻盖手机，遇生词，没法查，只好硬猜硬说硬译。好在写小说的Marry Helen天生就对语言特别敏感，有些英文单词，我发音发错了，她也知道我在说什么。有的复杂单词我记不全，四个音节，只说出前面两个，她就能替我补出后面两个。向他们介绍孔子时，我把汉语“万世师表”翻译成了英文中的“伟大的老师”，把“杏坛”译成“老师上课的地方”，需要解释这个词的细微之意时，却被“杏树”这个英文单词绊倒了，卡在那里。Marry Helen刨根究底地询问到底是一种什么树，我被逼无奈，只好这样告诉他们了：“这是一种既不是桃也不是苹果，既不是梨也不是樱桃，当然也不是李子的果树，那么，请猜猜，它是什么树?”

这第二次游尼山，竟对于尼山上的柏树印象深刻，第一次来时不知为何竟没怎么注意过它们。山上有很多古老的柏树，大都是侧柏和圆柏。尼山孔庙后面，古柏树林上有大鸟飞过，在树顶上发出扑通扑通的响声。那么多参天古柏，根系大都已经裸露出来了。黑黑的粗粗的根须把泥土攥在手心，紧紧地抓住大地不放，有的裸根张牙舞爪，看上去竟有些骇人。尼山书院的墙外，往东去不远，有一棵古柏极其巨大，地面以上那些裸露出来的部分很壮硕，竟如一条巨龙盘绕，大致呈长条状，向一侧延伸出去足足有三四米长，并且高出地面至少有一掌高，完全可以当成一只条凳，坐上去休憩。我认为中国古人的灵魂，全都散发着柏树的气息。Marry Helen看着尼山上的柏树，触景生情，谈到了《圣经》中的柏树，特别指出它们是在《雅歌》里出现的。

Marry Helen还调侃此处庙中的石人石马，那么热的天气，竟都穿戴得齐齐整整。她的丈夫则向我提出好几个奇怪的问题，比如，西方的坟墓都是平的，而中国的坟墓为什么都要垒成一个土馒头状？再比如，庙前的石雕像，为什么这边的拿着书卷而另一边的却佩着剑？我在并无科学依据的情形下，以其昏昏使人昭昭地回答了。

山下道路旁摆小摊的老头儿，看到来了两个外国人，就追着卖纪念品。他还向我们解释了一下这座山。此座山其实是包括五个山头，五座连山，因山上泥巴多，故叫尼丘山。后来孔子出生于此，根据此处山意，得名孔丘并字仲尼。接下来为了避尊者讳，山名就改叫尼山了。

那天直到下午两三点钟，我们才得以在一家麦当劳吃午餐。在曲阜城边上的一家麦当劳餐厅，Marry Helen夫妇点了一大堆甜食，像回到了祖国怀抱，而这竟是一家青砖黛瓦并且雕梁画栋的麦当劳。他们在中国已经待了一个月，能认识几个汉字了。我把自己刚出版的个人诗集《山中信札》送给他们，Marry Helen的丈夫指着封面上那个“中”字，自信地对我说：“China。”我马上解释，这里的“中”不是指“中国”，而是一个介词，表示“在……里面”的意思。他脸上于是现出了迷惑的表情。

吃午餐时，大家不知怎么就提到了苏格拉底。我联想到同属于人类思想史上之“轴心时代”的两个大哲人，一西一东，两个颇为相似的人物，都实在是长得不够帅。苏格拉底比孔子小八十二岁，据说长着狮子鼻、肥厚嘴唇、凸眼和矮小身体，而孔子据记载刚刚生下来时，长着露筋双眼、露孔鼻、露轮耳、露齿嘴以及中间低四周高的头顶。假设他俩能越过喜马拉雅山而相会，肯定会惺惺相惜吧。只是关于苏格拉底的出生，缺乏传奇色彩。我们只知道他出生于雅典，倒未曾有记载说他也出生在某个山洞里。

贤良的济南

这是一个面朝黄河背靠泰山的城市，最能象征中华民族的两个意象把这个城市牢牢地夹在了中间，差不多等于时时刻刻在对它进行着爱国主义和传统道德的教育；另外还有曲阜和邹县两个古老的小城，驼背弯腰地站在离它不太远的地方，喋喋不休地说教，把《论语》和《孟子》背诵了三千年。这似乎决定了这座城市骨子里的稳重和正统，厚道和中庸。

它位于北纬大约36度到37度之间，地处内陆，却又离海不远，季风分别从辽阔的西伯利亚和浩渺的太平洋刮过来，空气半干燥半湿润，就像那种刚柔相济的性格。你说它粗糙吧，它还带着些妩媚和秀气，你说它细腻吧，它又有一颗略显粗犷的豪侠之心。很少有哪座城市像它那样，外部格局如此宏大理性，紧挨一山一水一圣人。山是那么大的山，是五岳之首；水是那么长的水，是民族摇篮；圣人是古往今来独一无二的圣人，是孔子。但是其内部却又是非常感性的和小巧的，以趵突泉为心脏，跳动着声声慢或永遇乐的节奏，护城河的柳树世袭前朝上代之风韵，荷花是清而不寒娇而不媚的图腾；还有，城南的千佛山做了屏风，一部《老残游记》的片段写在城中央的大明湖上，这像不像一座建筑雄伟的大厦里偏偏放了些可爱好玩的小摆设？宋词的豪放派代表人物辛弃疾和婉约派代表人物李清照都在这里出生并长大。他们似乎是这座城市景致风物的两极，可是，即使在那个豪放派人物身上也有“茅檐低小，溪上青青草”的娴雅风度，那个婉约派人物竟然也能吟唱出“生当作人杰，死亦为鬼雄”的慷慨悲歌。

这是济南。

在中国的版图上，这个以一条消失的古河水为坐标来命名的城市，其位置有点不卑不亢。它不属于这个国家的心脏、大脑或者眼睛这样无比重要和敏感的地方。它位于雄鸡的嗉囊处，是这嗉囊中央比较大的一粒米。这个东部半岛省份的省会能攻能守，四通八达，去往京城很近，沿京沪线坐特快列车只需要四个小时。它朝着东南北三个方向走上不远，都可以抵达海边。最早在胶济线上开通的从济南到青岛的双层豪华旅游列车叫“齐鲁号”，而不是后来带有浓厚商业广告气息的“澳柯玛号”和“贵都号”。它改名字改了很久，许多人还是固执地称它为“齐鲁号”。济南从区域上来说，在春秋时代属于齐国，但它与鲁国紧紧相邻。作为齐鲁两国分界线的齐长城，就从济南境内的南部山梁上穿过，也许这使得济南这个地方在精神气质上更接近了鲁国吧。“齐鲁号”朝发夕返，这边是笼罩在清晨迷雾和向晚风中的山影，那边是蓝天丽日下、碧海绿树边殖民时代的西式小楼。列车每天在鲁国和齐国之间，在泉和海之间，在干燥和湿润之间，在内敛和开放之间，在狭窄和浩瀚之间，在理性和浪漫之间，在古老和现代之间，在民族化与殖民性之间，在道德主义的文化秩序和经济主义的务实精神之间，来来回回地奔波着。去时393公里，回时393公里，这个里程既不远也不近，恰好适合用来议论和抒情。车轮铿锵，似乎在大地上诠释着鲁文化与齐文化的冲突和融合。这列横贯省份东西的橘红色火车仿佛是齐鲁文化生动的具象载体。

有个外国哲学家认为，一个思想者适宜居住在内陆，而紧紧靠着大海对一个思想者是不利的。我这样理解这句话，海边太敞亮了，思想无法结晶和沉淀，就被海风刮跑了，那里产生的思绪太冲动太激活，不会具有沉重感，而轻飘的想法和念头只能算是灵感，是不能称之为思想的。内陆的稳定感和封闭感则正适合进行思想活动，可以使人安下心来坐而论道，厚积薄发。我还觉得这里所说的内陆一定不会是指那种深入大陆腹地的地方，应该是离海不太远的内陆。大海在这里起到了窗子的作用，一个不能时常向着外界通风换气的地方是产生不出大的和好的思想来的。这么说来，济南算得上是一个适合思想产生的城市了，而青岛就是它的一面朝东开着的美丽的窗子。孔子、孟子、颜子、晏婴、左丘明、曾子、墨子、管子、邹衍、荀子、孙膑等思想家都出现在山东，他们大都在离济南不远的周边内陆地区。而春秋战国时期形成的百家争鸣的中心地点稷下学宫离济南不过百余公里。

济南的夏天和冬天两季都很悲壮。夏天气温在全国遥遥领先，让人热得只剩下了苟延残喘，唯一想法只是“一定要活过这个夏天”，熬到秋风凉了，每个济南人都很有成就感。这些年来济南的冬天不符合全球变暖的规律，不知为何越来越冷了，冬天最低温度竟到了零下15度。许多年前的济南，并不那么冷，而且还有点儿温柔，很多外地学生是读了老舍那篇《济南的冬天》才报考济南的大学的。文章里写到这个三面环山只在北面留一个小缺口的盆地多么温存哪，还有城南那卧着些雪的小山上的阳光多么诱人哪，可是当真的来到这里，却发现冬天是那么冷，当那些从遥远的外省来的学生们穿着厚厚的羽绒服像企鹅一样在冰路上蹒跚挪步时，他们肯定觉得有点儿上当了，那篇美丽散文更像是一篇祭文。在这里过冬就是熬冬，得咬紧牙关默念“其实毫无胜利可言，挺住便意味着一切”。济南的情感就是这样，一点儿也不暧昧，也不朦胧，更不会半推半就和欲擒故纵，是典型的暖温带特点，要么高温多雨要么寒冷干燥，缺乏跟世界互相赠答的调频，爱和恨泾渭分明，让人觉得少了氤氲的情调，却多了一些脆生生的大方。在漫长的冬和夏之间是轻描淡写的春和心如止水的秋，那不过是冬和夏的间歇，是大爱和大恨之间的平静期，阳光因此充满了温顺而宽厚的倦意。济南的城市布局居然也带了犹如它的气候这样的是非明晰的特点。街道按经几路纬几路来划分，条条大路东西南北横平竖直，跟儒家的君君臣臣父父子子那样排列得一点儿也不乱，就连那些古旧的小巷子都很少拐弯抹角，跟济南人一样，全是直肠子，没有曲径通幽的心机，所以外地人来了很少迷路。

在济南做绅士和淑女有些困难。绅士和淑女必须生活在那种气候宜人温差不大的地方才行，有小小的风吹着有细细的雨横斜，心情才会怡然，才能在细枝末节处讲究，给生活处处镶上审美的花边，才会彬彬有礼，说起话来细声软语。在一个要么热死人要么冻死人的地方，穿衣会首先注重实用性，举止相应地也就不会那么温文尔雅了。在夏天就是一动不动也能汗流浃背，总是一副刚刚下过大力拉过地板车的样子，如果要保持西装革履和衣袂飘香，那要花费全天候的功夫来伺候，并且要坐在有冷气的屋子里一动不动，衣来伸手饭来张口，才有保持下去的可能。要是遇上天旱缺水，那真是祸不单行了，日子只能将就着过了。一个人热得头晕了有些神志不清了，谁还有闲心去顾及诸如口红颜色与衣裳颜色是否搭配，脚指甲染成什么颜色最时尚之类的细小问题。在济南常常见到穿着大裤衩子光着膀子在街上坐在摊子上喝扎啤的人，粗着嗓门说话，大街小巷布满不同型号的鲁智深，这也没什么好指责的，谁也不会去笑话谁，酷暑有点儿像战时，大家惺惺相惜。要是有人热得丧失了好脾气和活下去的信心，无缘无故地发火找碴儿，那也不能只怪这人修养差，老天至少要负一半责任。济南近几年也冒出了不少绅士和淑女，或者更确切地说是那种小资吧，却总是令人疑心他们都是伪装出来的，而不是真的。他们的样子有点儿脱离了存在背景，看上去累累的，也许你一背转身去，他们就会松一口气，原形毕露地倒回去——没办法，因为这地方实在是没有那样的天时和地利。

济南的烤地瓜炉子有俄罗斯老妇人那样的三围，摆在街头上粗粗壮壮，烤出来的大地瓜香酥甜嫩；大白菜长了一副尽职尽责的模样，一车一车地停在路旁；鲁菜里的酱油轰轰烈烈，这还嫌不够，还要用大葱或生菜蘸着甜面酱来吃；还有高汤调制的这个那个，以及一听名字就让人豪气冲天的九转大肠，全都实惠有余精致不足，不适合樱桃小口来吃。早晨起来上街买早餐，除了油条大饼，就是大饼油条，偶见当地特色的盘丝饼、油旋儿什么的，味道本质上也不过是大饼和油条的变种。还有大米干饭把子肉，比南方粽子大五倍的枣粽，这些食物全都是为好汉秦琼的后代们准备的，吃了之后也许要去卖马或者抡起上百斤重的金装锏练武功。济南人喝酒是往极限里喝的，喝啤酒一般论捆或论箱，高度数白酒也能一瓶接一瓶，不仅自己喝，还劝着别人喝，一定要大家喝成烂泥，胡言乱语了，胡吹海侃起来了，才算够交情。为豪爽而豪爽，豪爽成为值得炫耀的品质，豪爽到悲哀的地步，那劲头仿佛喝完酒之后要上山打虎去。去济南人家里尤其是那种济南老户家里做客，非要准备三只胃不可，济南人有让饭的习惯，你刚吃完一碗，再盛一碗上来，一碗接一碗地，并使用各种语言手法让了再让，唯恐客人因不好意思而吃不饱，不达目的誓不罢休，使人觉得盛情难却却之不恭，只好委屈自己的胃撑得难受，心里发誓以后再也不到这家来做客了。

如果把济南比喻成一个女人，那她就是一个出身于小康之家的良家妇女，她贤淑、直率、本分、平实、自足、温煦。它永远跟不上时尚，永远有那么点儿土气。这个她自己是知道的，可看上去并不着急，表情淡淡的，像是认命了。她的美很像她的市花荷花，是一种大方、简洁和朴素的美，有着隐而不露的清淡和秀雅，属于很耐看的那种。这个良家妇女一般不会闹出生活作风问题，她的存在并不是为了招人爱的，是为了让人感到熨帖、踏实和舒服的。

她没有广州的奢靡，担不了什么风险，只知道勤勤恳恳地居家过日子。

她也不像上海那么先锋花哨，她家教甚严，不习惯作秀闹事。

她甚至在自家门口也被那风华正茂神采奕奕的青岛衬托得暗淡无光人老珠黄，成了不折不扣的糟糠之妻，仅靠着伦理道义维系着当家的地位和原配的尊严，却潜伏了被抛弃的危险。

她当然也没有杭州的缠绵，不会水波亮闪闪地四处泛滥，不会咿咿呀呀地发嗲——但是，她的柔情和欲望一点儿也不少，而是全都埋在了小小盆地中央那深深的地下，在地面以下流淌着奔突着，实在抑制不住了才会喷涌而出，到达地面就是一眼又一眼的泉——那是她对浪漫的理解。这容易让人联想起张艺谋电影中的那些女主人公的情感方式，无论是高粱地里的我奶奶，还是菊豆，或者秋菊，她们身上都有着一股被压抑在安静、娴雅甚至循规蹈矩的外表之下的泼辣、野性和疯狂，让土生土长的济南姑娘巩俐来演这些角色是那么合适。有人说她具有东方美也有人说她土气，但是，没有人说她演得不好，也许冥冥之中上天就用这种方式选择了济南。可不可以这样说呢，一个摩登女郎的诗情画意算不了什么，那其实是十分有限的，当关系到身家性命时，她马上会激流勇退，为安全着想甚至会变得凡俗起来，而一个不动声色的良家妇女一旦百年不遇地风花雪月起来，一定是置之死地而后生的，会令天地为之变色，会成为艺术和永恒——这时候像本分啊、先锋啊、浪漫啊、土气啊、奢靡啊等这些字眼的含义就突然变得模糊并且界线不清起来。

济南的良家妇女身份还是要保持的，这是她的本色。良家妇女就是良家妇女，她没有什么好骄傲的，也没有什么好自卑的。可是近几年的济南似乎不像先前那么自信了，基于对“现代化”一词的小农意识的理解，她想三步并作两步地迈向大都市，于是慌慌张张地做了一些违背自己真性情的事情。百年老街拆了，在全国独一无二的火车站欧式建筑群也拆了，大树砍了，山被炸开，几何图形般的大楼越盖越高越盖越多，汽车尾气弥漫，大白天看不见太阳，最致命的是，泉脉和地下河道被破坏了，那美丽的泉水愤怒地沉默了，只是干干地睁着永不瞑目的眼睛，惊恐地望着低矮而灰的天空。数千个无名泉和七十二名泉正在成为泉的遗址。听老辈人讲述仅仅在20世纪70年代芙蓉街剪子巷的石板路缝隙还能渗出泉水，洗菜淘米只需掀开石板来就行了。还听说在更早以前，趵突泉喷出的水有一人多高，远在大明湖都听得到那响声……这些听起来都像是美丽的传说了，无可奈何地留在这个城市的记忆里。一个良家妇女丢了自家本色，偏要去做千金小姐或风尘女郎，结果肯定是正在成为一个东施效颦的夹生角色，任何一个明白人都直想对这个城市大喊一声："Stop！"

济南是一个能够把平庸这种缺点变成优点的城市。在这里住着住着就会住出绵长而舒适的惰性来，就像冬日晌午普照着的阳光那般。久居在此的人或许会对它存了这样那样的不满，殊不知自己这个人——幸或者不幸地——却已得了它的精髓，与它融为一体，也变得跟这城市一样贤良起来平易起来，对外部时尚不知有汉无论魏晋，于是哪儿也不想去，有机会远走高飞也不去，最后还是永久地待在这个叫济南的地方数落着它的这不是那不是。就说去外地出差吧，还没离开呢，就已经在想念它了。

烟雨中的林学院

林学院在亚热带的山中。

它大致位于祖国版图东南部的那一大片湿地之中，属于一个在我看来易患风湿症的省份。它坐落于一个县级市，一个李白和苏东坡去过的小城。在这个国家里能在地盘上拥有一所正规大学的县级市是极少的。

现在我离李白1240年，离苏东坡900年，离鲁国2300里。我远远地跑到这里来其实是为了忘掉一些什么，一些我不愿留在记忆中的事情。我会渐渐爱上他乡，爱上这掠过山坡和竹林的清风，以及清风吹拂着的我的孤独我的散淡。

公交车先是行驶在一条两旁都是破旧矮房的小巷中，路旁右侧看上去大约有一道很小的河沟，沟沿上种着一长溜还没有开花的蚕豆。我一下子就认出了它们是蚕豆，我是去年春天在长江边的一个小岛上认识生长在地里的蚕豆的，它们会开出黑紫的小花来，有着明眸善睐的样子。那个教我认识了蚕豆的人现在已离我万里迢迢，此刻当我来到这个祖国东南部小城的时候，我不知道那人在哪里正在做着什么。

后来车子出了小巷，往一座石桥上驶去，那是一座很有些古意的石桥。车窗外的视野顿时开阔起来，桥下面是一条蜿蜒的河水，河面不是很宽，十来米的样子，河水清远，笼在初春的雨雾中。堤岸下方两边的河滩是郁郁青青的，生长着高高低低的水生植物。顺着河流曲折的走向望过去，是被雨淋湿的座座小山和在连绵的阴郁霉湿中矗立着的灰瓦粉墙的老房子，偶尔有那么一两只破木船，像发呆的老人那样被搁置在岸边，正在时光里一往无前地破败下去。车窗是开着的，可以闻到从盈盈的河面飘过来的一股甜丝丝的野腥味。

朋友说，这条河叫苕溪，被许多古代诗人写过。这“苕”字该是芦苇的意思吧，这河的岸边果真摇曳着许多去年留下来的干黄的芦苇秸子。可以想见当秋风起时，这河的两岸将开满芦花，河面上会飘荡着点点白色花絮，而现在这干黄芦苇是这绿意蒙蒙之中唯一的枯萎之色。

过了苕溪，就看见林学院了。

校门异常低矮，几乎可以想象成一道竹篱。公交车一直开进校园的腹地，停在一个广场上。从上面下来的自然基本上都是本校师生。能把公交车开进深深校园里面去的，在全国高校中这一定是独一无二的。

从校门口到山脚下的学生宿舍地面落差为七十四米。这是一座与山水同在的校园，课堂开在了大自然中，山在校园里，校园也在山里。这里有林学系、园林系和生态游憩系，我想我如果还年轻得足够重新选择，我会选择它们中的任何一个专业来学习，只为了能够长年生活在这绿茫茫雨蒙蒙的山中。

我打算在这里住下来，是那种小住。小住不必客套和奢华，让人像在大酒店里一样产生身世飘摇和人生如梦之感。小住应该有着日常家居的平实，同时又不失相聚唱酬的雅致。那氛围，该有夹竹桃掩映的柴扉，该有墙缝中青苔的洇漫，蕨类生长在井栏，该有环佩叮当裙裾妖娆。是小住，天数自然要恰到好处，不至于短到仓促，成为手忙脚乱的过客，也不至于长久得令主人生出倦意。小住会使得主宾相宜，在兴致酣畅之后，还留下了浮想的余地。小住是值得挽留的，还没有别离就约好了下次再来："待桂花飘香菱角熟了，盼再来敝乡一游再到寒舍一叙。"

山里的时日是缓慢的，像一个长长的却又不够陡峭的大坡，夹杂着雨丝的日脚并不多么明亮，有些费劲地在这大坡上面一点一点地移着。从清晨到薄暮的距离在感觉里要比山外的长出整整一倍来，那是由于浸在鸟鸣里的安静和人烟稀少造成的吧。这里的夜晚也要在断续的蛙声里长出那么一截——我第一次知道在南方即使是春天也会有蛙鸣的，只是叫声微弱，远没有夏季里那么热烈——要多做好几出好几幕的梦才能把晨曦盼上窗帘。这山中的速度恰好是我的心灵的速度，这是一个提速的时代，但依然有些事物固执地保持了原来的缓慢。

我听说这学校里的不少专业是开设文学课的，我想这真的是对的，文学离不了植物，植物也与文学很近。我的老乡孔子就提议过“多识于鸟兽草木之名”。学生们实在是应该把栽花当种田（“把弹琴当功课”就不必了），应该一边植树植草一边作诗——如果可能的话，我说的是如果可能——我愿意到这里来工作，我将给学林业的学生们开设一门叫《诗歌与植物》的选修课。第一章节我要讲的是《〈诗经〉里的植物种类》，比如“蒹葭苍苍，白露为霜”“参差荇菜，左右流之”，还有“采薇采薇，薇亦作止”“投我以桃，报之以李”……都是涉及植物的；在第二章节我要讲的题目是《〈楚辞〉中香草美人的比兴传统》；再一章可以讲讲《婉约词与花草树木》，还可讲讲《〈红楼梦〉的植物图鉴》……我要以植物为坐标来串讲中国诗歌史乃至中国文学史。我想这是可行的，也算是林学院课程设置的一大特色吧。

我爱上了这里教工餐厅里的马兰头、竹笋咸肉、鸭舌、青团、东坡肉，还有餐厅地下超市里削了皮并截成一尺长的新鲜甘蔗。我不禁想起西晋的张季鹰为吴中老家的菰菜羹和鲈鱼脍而辞官还乡的故事。我觉得我虽无官可丢无爵可弃，倒也是可以为了这些美味而不辞长做这林学院的人。我是第一次吃到青团，据说也叫清明果，用艾草汁糅合糯米面又裹了豆沙馅，那种半透明的深绿让人想到玉，也许就是和田玉吧。吃到嘴里的是混合了青草香的绵软醇厚和微甜。北方的大饼油条只是为解决温饱问题的，而这里的饭食小小样样地摆出来，倒像是要催人即席赋诗一首的。后来我还真的写了那么几句，没有写青团，而是写了东坡肉，“在楼外楼的送别午宴上，我多么爱那一小罐东坡肉”。

去吃饭时要爬一道很长很长的不拐弯的露天楼梯，才能到达教工餐厅。在那楼梯上走一程歇一歇，透过雨雾可以遥望到山间茶园，山坳里屋顶黑湿的人家，以及那飘浮在竹林上空的不合时宜的炊烟。我相信那里还隐藏着像熬中药一样缓慢而美的生活。一只燕子从眼前滑翔过去，在空中低低地擦出了一道锃亮的弧线。我听见了它的呢呢喃喃，那分明是越剧的唱腔，也许是“十八里相送到长亭”之类吧。这时候我想，如果把手里的三折自动伞换成油纸伞，把身上的西装皮鞋和风衣换成举袂飘飘的长衫，把斜挎着的真皮坤包换成让书童挑着的书担行囊，头上再绾起一个髻，那么我就会不由自主地管走在身边的男士叫上一声“梁兄”了。在我看来，在这个学校里同窗共读的人，男生应该都姓梁，女生应该都姓祝。那阶梯真的够长，感觉有点像爬泰山十八盘了，把吃饭弄得像朝圣，本来还不算饿，等爬上去就饥肠辘辘了。

这一定是全中国最绿的学校。它其实已经不像是一个学校了，而更像是一个山中林场。那些青砖或红砖的小楼也大都罩在藤蔓的烟雾里。在地广人稀的校园里闲庭信步，我难以区分我听到的是我的呼吸还是树的呼吸。据说校园内有两千八百多种植物，可是我只认出了山茶、玉兰、竹子、柳树、香樟树，当然还有那贴着地面的满满的石竹花和荠菜。为了叫出那些植物的名字，真恨不得马上找一个学林业的男人结婚。植物散发出特有的苦香气息，使得我安静下来，仿佛这些树们明白我在这个春天里所遭遇的变故，晓得我具体的疼处，它们默默地抚慰着我，对我起着镇痛作用。在这里，我愿意比不远处那湖上的波纹更寂寞。在这里，我愿意只对一棵枫香树说出我的全部想法。一只蝴蝶停留在一朵曼陀罗花上，衬着的背景是广大无边的天空，潮润的、灰白的天空。一架喷气式飞机正从头顶飞过，留下一道白色雾线。雾线渐渐地在风中消散开去，变得越来越淡了。飞机飞到山的那一边去了，我站在大地上孤零零地仰望它的时候，感到自己那么小那么小，仿佛是被它抛弃了的。

黄昏时路过教学楼旁边的一个小山包包，上面竟全是用黑色塑料袋捆扎得严严实实的高度不超过一米的棵子，大约是正在培育着的需要避光的植物。猛地望过去，它们竟像是一群弓着身子埋伏在那里的蒙面大盗。我以为在这样的山里，除了生活着儒者和诗人，理所当然还应该隐藏着壮志未酬的剑侠，也许是北宋末年从水泊梁山千里迢迢跑来潜伏下来的，身上携带着蒙汗药和盖了济州府大红印的密函或告示。

天完全黑下来时走在校园里就有些阴森了，本来就不多的学生们不知躲到什么角落里去了，也许在教室、图书馆各就各位吧。在湖边好不容易遇上一个坐在木椅上捧着书使劲辨认的人，书页映着从远处人行道上透过柳丝照过来的十分昏暗的路灯的光亮，我感到纳闷，难道他不是在读字，而是在摸字吗？他读的是盲文？湖边的咖啡座没有人，我们走过去，在洁净的木桌前坐下，有学生模样的侍者马上就走了过来。喝咖啡的是我们三个人，两女一男，一个来自齐鲁，一个来自西北，一个是江南土著，其实并不十分相熟，却说着各自的方言，幅员辽阔地坐在了一起，这春夜里闲适的小风充当着翻译。回廊的灯光酽酽地映在湖里，我听到自己的轻笑从水面上掠过，只沾湿了那么一个小角。

我在这山中校园小住。无论我睡在有红顶的楼里，还是坐在宽大的餐厅，或者站在回廊下，都会有一种生活在露天的感觉，似乎头顶上所有瓦片都遮挡不住外面的空旷和幽静。其实也无须遮挡，瓦片里面的与瓦片外面的原本就是一体的。那被风撕碎的云彩多么美，可以看成天花板上的图案；那些小山呢，以唐诗宋词为根，绿绿地长在周围，近得几乎可以拿来当枕头；刚刚泡的龙井茶放在书桌上，坐在这书桌前稍一歪头便可瞥见窗外的山间茶园，其实这书桌亦可看成茶园，它是那山间茶园向着教工宿舍延伸过来的部分。

这里的天空完全没有北方天空的高蹈和深信不疑，而是半明半暗，有着琐屑的生动和世俗化了的优雅，看上去显得更低，离人间更近，有时呈现出一种慢吞吞的霞红、暗绿和紫黑，仿佛天上有一个厨房，在细细地切着并搅拌着葱姜蒜等各式各样的调料。那时断时续地飘下来的雨丝，落在我的身上，我感觉它们是在用文白夹杂的汉语跟我交流，从秦汉到魏晋，再到唐宋，直至明清，这江南的雨从来没有忘记过自己的母语。

我就这样以湿漉漉的青山碧水为屏障，躲开了外面的生活。植物葱茏，人亦氤氲起来，衣袖竟被染绿了。如果我在这里长期住下去，山外面是没有人会惦记我的，那曾经时时刻刻惦念着我的人如今也已不在意我去了哪里。我愿像这烟雨之中的群山一样，在被忘掉时，依然自顾自地绿下去。

然而我还是得离开了。这次出走和漂泊的尽头是一座江边古塔，在那里我决定让我的“小住”结束。

我去一个小店里买了一大堆或烤或腌的笋丝和笋干，那鲜香穿透了简易的塑料包装，竟使我产生了一种怀乡病似的软弱的渴望。这里的人顿顿以笋为食，几乎与熊猫同类，笋大约相当于我们北边的大白菜。我把这些北边人眼中的稀罕之物放到我的“书担行囊”里，准备启程。

我要走了，“梁兄”去车站送我和我的女友，我弄不清在我和我的女友中，哪个该姓祝，哪个该是由侍女扮成书童的银心。我要从这小城坐快客去一座大城，在那里再乘上波音737，在祖国天空上勇往直前，由南往北画一条直线。

那些相挽的桥和堤，送了我一程又一程。

金源桥，忧乐桥

不知道我理解得对不对，驻济高校里的诗歌中心或诗学中心，这是第一家。因为山东大学的是建在青岛校区，青岛大学的也是在青岛，山东师范大学不知有没有，我感觉第一家就是设在了山东财经大学。

我在想，凭什么是山东财经大学，而不是我们济南大学呢？山东财经大学建这个诗学研究中心，它跟诗学跟诗歌有多大关系呢？我不知道。我反过来又在想，山东财经大学凭什么就不能建诗学研究中心呢？我父亲是教高等数学的，我妈妈是会计，我管她叫张会计，既然一个数学教师和一个会计能够生出一个诗人，那么，人家山东财经大学为什么就不能建立一个诗学研究中心呢？

一位美国评论家曾说过这么一句话：劳埃德银行最有名的员工重设了现代诗歌的汇率。大家知道这位员工是谁吗？

T. S. 艾略特。这个“最有名”的银行员工，同时也是一个伟大的诗人。虽然T. S. 艾略特自己原来所学专业并不是财经，而是文学和哲学，但他却干成了银行里的高层管理者和先进工作者。那么，山东财经大学当然也可以培养诗人，并研究诗学，更何况它还有文学与新闻传播学院。柏拉图把诗人逐出了“理想国”，因为觉得诗人缺乏理性，会煽动起人的激情，不利于社会管理。如果，一个人毕业于财经大学并在银行工作，同时又会写诗，我们跟柏拉图商量商量，可不可以进入“理想国”呢?

我们此时所在的山东财经大学舜耕校区的位置，在地理特征上（不是说行政上）已经属于济南南部山区了。大家注意到校园里有一座山，属泰山山脉的余脉，叫金鸡岭。济南南部山区就是泰山山脉向西北延伸的地方，古人有一句诗写济南，是“欲接城南未了青”，“未了青”指的就是泰山。这个校园里还有一条河，这条河过去就是一个泄洪的山水沟，现在已经变成了一条景观河，把大明湖的水引上来，再让它流下去，比较好看。这个校园的这条河上有一座桥，叫金源桥，资金的金，源泉的源，资金的源头；这条河又从地下涵道经过舜耕路到了直线距离二百米以外的我们济南大学东校区，在那边的河上也建了一座桥，叫作忧乐桥，忧愁的忧，欢乐的乐，先天下之忧而忧，后天下之乐而乐。金源桥讲的是务实精神，忧乐桥代表了务虚精神，这边是富二代，我们那边是穷酸文人。它们的直线距离只有二百米!

以我狭隘的理解，山东财经大学就是培养会计的地方（如果我说错了，请大家不要介意）。实际上无论什么学科，我们大家在大学里工作，如今人人都已变成了会计，我们必须首先具有管理账目的心性，才能走向世俗意义上的所谓成功。我们要填多少Excel表才能熬到退休！我们要做多少PPT、写多少课题本子，才能成为一个所谓的学者，并更进一步地成为学者当中的蒸汽机火车头！现在是一个统计学的时代，是一个量化的时代，是一个文献学独裁专制的时代，在这样一个时代，我们真的已经筋疲力尽。

在巴黎新索邦大学阅览室的壁画上有两个女性形象，一个沉思的、愁眉紧锁的样子，她代表科学；另一个衣袂飘飘、眼神迷离，代表梦想。曾几何时，科学和梦想，她们俩是平分秋色的，而到了今天，我们的文科和理科之间的距离越来越模糊、越来越小，文科必须向理科靠拢，才能得以存活。就是说，如果你不愿成为会计，那你什么都干不成，从这个意义上看，文理之间的距离确实越来越小。我们的诗学研究方法也越来越接近于生物和化学实验室里的研究方法，恨不得把一首诗放在坩埚里，进行加热，让它蒸发、解析、结晶，看看一首诗究竟包含了哪些具体成分。这样一种研究方法，不是说不好，不是说不应该，而是当它渐渐大一统时，非如此不可时，就出问题了。文科学者越来越被要求具备类似统计学、会计学这样枯燥麻烦的心性才能成事，不如此，就只有接受“失败”。现在就是这样一种状态，没有办法。

山东财经大学率先建立诗学研究中心，等于说是进行自我反拨、自我反动，在数字化时代先拿原本要求数字至上的院校开刀。今天的AI、ChatGPT，似乎准备用机器的芯片来代替人类的体温和心脏，面对这种状况，在一所财经类高校建立诗学研究中心，则更具有“抵抗”的典型性，就是拿直觉的人文主义来抵抗无所不在的极端自然科学主义，期待从“对人的异化”走向“对人的塑造”，让人类恒常心性得以回归，虽不能改变现状却至少可望有所松动。

诗歌可以让人类从身体内部产生一种暴力，用以抵抗来自外部现实世界的暴力，从而产生出一种抗压力。这是一种通过想象力来实现的自我保护……华莱士·史蒂文森表达过这样的意思。所以说，这真的是一种自我反拨，自我反动。诗学研究中心设在山东财经大学，跟设在济南大学，设在山师、山大，还是不太一样的。这是非常了不起的一点。

希望金源桥和忧乐桥能够手牵手，因为我们既需要金源，也需要忧乐……这两座桥原本就架在同一条河上嘛。

（此文系在山东财经大学诗学研究中心首届诗学论坛上的发言）

第四辑：地球之远

这个小城里唯一的汉字，它在一个无人识它的地方，在一个小小的角落里，专心致志地等着我万里迢迢地赶来，与它相遇。我相信它像我一样惊喜，它大约第一次遇见一个来自它的祖国的人，同时还是一个打算一辈子以它这个字为生的人。

——《唯一的汉字》

《唯一的汉字》 路画萌／绘

读 地 图

至今清楚地记着在中学时代做过的一个梦：在南美洲最南端的合恩角，一只蜗牛驮着我，越过德雷克海峡，最后到达了南极洲。醒来后暗自惊奇，想了好半天，也没弄懂为什么要骑在一只蜗牛背上走那么远。

那时候我阅读地图入迷，把一本中国地图册和一本世界地图册翻阅得韦编三绝，全中国的山长水阔、全世界的海角天涯都装在了胸中，以至于连睡觉做梦都精确无比，不肯犯一点儿地理错误。后来我还把中国历史世界历史上出现的人物都尽可能地一一标注到地图上去，最后找到自己所在的国家、省份和城市，在那个小圆点位置旁边，画上了一个穿裙子扎辫子的小人，那就是我。可以说，那时的少年轻狂和豪情壮志是读地图读出来的。

读地图的习惯后来一直延续到成年，延续到今天。虽然如今常常一连好几天不下楼，却能别着插销锁着房门在家里贪婪地阅读地图，仿佛这样也算走遍了地球。读地图永远都不会读出闲愁，只能读出豪迈和落拓不羁来，也许这跟地图的高度概括力和所标示的遥遥距离有关吧，它让人的目光也变得辽远起来。越过国境线，伸向新的大陆或彼岸，甚至会伸向茫茫宇宙，进一步感受到生命何其短暂，而内心中的那个自我其实不属于任何国家和民族，不属于任何朝代，不属于任何范畴和标签，只属于大自然和永恒。那些山岳，那些岛屿，那些湖泊，那些河流，那些大海，那些平原，那些高地，那些海岸线，都标注着发音迥异的地名，这一切分明就是让人心潮澎湃的文字。它们似乎在教人要更加勇敢和快乐地生活，让人足不出户就可以成为一个世界主义者。读书时只要涉及地名尤其是外国地名，不管多么小的地点，凡是不太熟悉的，都要想方设法按图索骥地把它找到，心中方才踏实，接下来再做做白日梦，梦想将来某一天真的到那个实际地方走上一趟，让双脚去踩一下那里的土地，让双颊感受一下那里的掠过树林的微风，于是，那本书才算是真正读到了家。

与其说地图是介乎形象和抽象之间的那么一种图画，倒不如说它是一种修辞，是象征，是隐喻，是心中主观情志的具象载体。阅读着地图，一些未曾到达过的地点由于某种向往可以成为精神上的故乡，于是萌发出辽阔的乡愁来；如果身在异国，看着地图，找到自己那个不尽如人意的国家，会忽然发现自己其实是爱着它的，但要跑出三万里去才能爱，要在地图上爱；一个人还可以在一张方寸大小的地图里害相思病，隔着一个国家最长的河和最雄伟的山去爱另一个人，在地图上找到那人所在的城，标出经纬度，想象那人正冒了雨在某个具体的街道上走着，同时那边的那人也正在心里想着被山河隔开了的这边的自己。是的，地图可以用来画饼充饥，或者说可以用来进行美丽的意淫，万水千山总是情，而那比例尺，正是能指和所指之比，是语言与行动之比，是灿烂梦想与灰色现实之比。

我不知道有没有专门出售地图的书店，如果有，那样这个书店倒可以起个名字，就叫作——1∶1000000书店。

康德的皮鞋

今年初春，听说中国国家博物馆正在举办一个来自德国的展览，在一大堆与启蒙运动相关的展品中，竟然有一双大哲学家伊曼努尔·康德穿过的皮鞋！得知这个消息，我很兴奋，当即决定去北京，去瞻仰康德的皮鞋。

人很快就坐在了京沪高铁上。火车以每小时三百公里的速度驶往京城，奔向康德的皮鞋。坐在车窗前，手里翻阅着康德的《实用人类学》。那是康德一生中出版的最后一本书，是他上课的讲义，写得十分感性和有趣。行李架上的箱子里还放着他的另外两本书《道德形而上学原理》《论优美感和崇高感》。我惊讶于一个终生足不出城的人竟然晓得整个地球上的事情乃至全宇宙的奥秘，一个终生未婚的男人对微妙的男女关系和女人哺乳之事也能发表独到宏论和真知灼见。这两年我一直在囫囵吞枣地读康德的书，有时还会东施效颦，忍不住模仿我的一位哲学家闺中密友的口气，称自己是“康德主义者”。既然在这人世间注定无法与康德谋面，那么能够见一下康德穿过的皮鞋也是好的。无论如何，那可是康德穿过的皮鞋。我猜测那双皮鞋上面应该藏匿着某种难以言传的信息或密码。

从济南乘京沪高铁至北京南站，只用了一个半小时。接下来乘4号线地铁至西单，又换乘1号线至天安门东，从D出口钻出来，就看见了中国国家博物馆。进入南区二层8号展厅，我终于找到了康德的皮鞋。

皮鞋被很隆重很尊贵地摆放在一个竖立着的点式台子上，被一个透明玻璃罩笼着。台子有些偏高，我的个子又偏矮，所以要把那鞋子从外观到内里的全貌瞅得清清楚楚，必须踮起脚尖伸长脖子翘着脑袋才行。我就以如此姿势围绕着那个安放鞋子的长方柱形的小小展台转了一圈又一圈，争取能够看到180度甚至360度全景。那是一双黑色皮鞋，锃亮，基本上属于尖头形状，只是顶端的尖形部分尖得不够厉害，看上去到底还是显得有些温和圆润了。至于鞋带，属于今天常见的宽宽的粘扣式，没想到二百多年前就已经有这类鞋带了，它们恰好覆盖包裹在鞋子的脚面位置，使这双鞋子凭空增添了一丝莫名的阴柔之气。由于保养得比较好的缘故，鞋子从外面看上去大约有七成新，而鞋子内部的那层脚垫却明显有些旧了，仿佛还有汗渍留在上面，总之是有着明显穿过的印迹以及磨损过的折痕，这使得这双鞋子看上去那么日常那么从容。这双皮鞋是多大码的？我目测了一下，它看上去不算大，在37码至40码之间吧。康德个子很矮，大约有157cm，应该不会穿太大的鞋子吧。当然，这个问题也说不准，因为展厅面积太大，屋顶又过高，致使所有展品在这样广大开阔的空间里都会显得比实际体积偏小。根据标牌上的文字注解并联系康德的生卒年，我在心里稍稍计算了一下，断定这双皮鞋应该是康德在人世的最后三年里穿过的一双皮鞋。

这双德意志的皮鞋，这双由一位终生未婚的宅男穿过的皮鞋，在我的眼睛里，有着启蒙的款式，有着纯粹理性的手工，有着形而上的黑色，这是我崇拜的康德先生穿过的皮鞋。

整个大厅里只有我一个人。我围绕这双皮鞋盯着看的时间有些长了，看了足足有半小时光景吧。远远地站在展厅门口的女服务员一直朝我这边望着，最后她终于起了疑心，大约把我当成了想偷鞋的，耐不住性子了，就踱过来问我："你需要什么帮助吗？"我赶紧解释："我只是……喜欢康德，所以……总之，放心吧，我不是偷鞋的。"

展厅里不允许拍照，加之趁服务员背过身去我得以偷拍之时，照相机在关键时候掉链子，按钮不知何故竟一点儿也按不动了，所以给皮鞋照相是不可能的了。我只能更加仔仔细细地看，贪婪地看，在心里默默地记下那双皮鞋的每一个细节。

就是这双皮鞋，底部只沾了哥尼斯堡的尘土，从讲台到林荫道，最大半径不超过四十公里，可谁也无法否认，它足不出户行万里路，甚至踩涉过银河系和星云，这是一个真正的世界公民和宇宙成员穿过的皮鞋。

就是这双皮鞋，每天午后三点半，它的无比守时的漫步，使得城里居民以此来校准家里的钟表。这双皮鞋在地面产生了普遍法则的压强，并从哥尼斯堡传递至全欧洲、全世界，使地球转动得更加稳健，人类在上面寻找自由。

就是这双皮鞋，穿它的那双脚不必大，而在于是否坚实；穿它的那个人过度发达的大脑使身体羸弱，以157cm的身高撑起天空。先天性狭窄的胸腔之中，广阔的思想却总是纵横驰骋。是的，天才从来都是人类的意外，孤独是铀，发生核裂变，释放巨能。

此时此刻，这双皮鞋摆在玻璃罩里，居于异国国土的正中央，它既亲切又从容，把五千年东方古国的方形脸庞映亮了那么一刹那，同时也照亮了我——一个千里迢迢从外省赶到京城来观看这双皮鞋的康德哲学的热爱者。

看完了康德的皮鞋，走出南区二层八号展厅，走出中国国家博物馆，在天安门东的D入口进入地铁站，乘1号线至西单，又换乘4号线至北京南站，坐上高铁，返回济南。

偌大一个京城，我只看见了一双皮鞋，康德穿过的皮鞋。至于京沪高铁，正是为了让我能够朝发夕返去看康德的皮鞋而开通的。想到这里，我轻轻地笑了。

地球这个大披萨

餐桌上摆放着晚餐，一个特大号披萨。我的一位女友指着它，大发感慨：“这个披萨简直跟地球一样大。”我一边觉得她这比喻用得极好，是一种越轨的好；一边又想，既然这披萨跟地球一样大了，那它放在哪里呀？而接下来我反着联想开了，地球其实就是一个大披萨，尤其是世界地图平铺着，那么鲜艳，有凸起有凹陷有沟回，一处又一处美丽的所在，的确像一个大披萨摆在那里呢。一位美国诗人把卷心菜想象成地球，沿西经到东经切割。相比之下，我更愿意把地球看成一个大披萨，披萨比卷心菜诱人。地球是一个大披萨，我生活在中国、山东、济南、八里洼，我的世界以“八里洼”为中心向四面八方延伸着。这个小小角落是大地这块香脆松软的饼底上一粒小小的口蘑，下面粘着一丝奶油芝士。

我中学时代地理课学得很好，从少年时代起就养成了看地图的习惯，看各种各样的地图，以致有了地图情结。现在我用地图糊裱装饰家中墙壁。每当察看地图，就会激情澎湃，有年少轻狂之感，我很奇怪那种激情丝毫没有随着年龄增长而衰退。我对着地图发呆，心中会响起巴尔蒙特的诗句：“我来到这个世界为的是看太阳，／和蔚蓝色的原野。／我来到这个世界为的是看太阳，／和连绵的群山……我来到这个世上为的是看大海，／和百花盛开的峡谷……”阅读地图，竟会使我暂时忘却世俗烦忧。

去美国之前，我望着半面墙那么宽大的一张世界地图，心中忽然有了一个奇异的感觉，亚欧大陆是一个卧室，北美大陆是一个卧室，中间的太平洋是来来往往的客厅。去丹麦和冰岛之前，我又常常徘徊在地图前面，我将路过安徒生的家门口到达冰岛，飞机将在空中划出两道银色弧线，一道从北京到哥本哈根，另一道从哥本哈根至雷克雅未克。中国印制的世界地图上是把中国版图摆放在最中央的，于是冰岛就在地图的最西北角，仿佛时钟表盘的“11点”那个位置，我的家乡在钟表表盘的“3点”位置。我将在表盘上从3点飞往11点。我的耳边回响起许多年前中学地理老师念“雷克雅未克”时的声音。她是陕西人，说关中方言，我清楚地记着她念到这个地名时的奇怪口音。

我记得2008年某个夏日空中旅行时的激越心情。我准备从亚洲开始入睡，在欧洲，在北极上空做一个小小春梦，一直睡到北美。可是，飞机要飞过北极点时，我的眼睛再也无法离开机舱大屏幕电子地图上那模拟的银色飞机图标了，它正一点一点地移动着经过北极。我看清楚了，这样抄小路走，中国、俄罗斯、英格兰、美利坚，原来都相隔不远啊，最后飞机终于将北极点覆盖住了。地球脑袋上有两个头发旋儿，现在这架波音747正经过北边的一个，正朝这个巨大磁场致敬。我仿佛看到了地球那自转轴的顶端，它已经磨得有些旧了，东西南北四个方向在此缩成了一个方向：南方，钟点可以是任何地方的时间，我仿佛看见爱斯基摩人在冰面上干活，原地转了个身，就等于环球一周了，而北极熊正从今天挪到昨天，又从昨天走回今天。我坐在舷窗前，感到自己的身体里产生了逆时针的旋涡。飞机的盘旋似乎加快了下面这颗星球的转动。

现在有一门学科叫“地球生理学”，把地球看成是活的，具有像人一样的内分泌调节系统和内在生理过程。我同意这个观点，并且还想在这个基础之上进一步补充一下，其实地球不仅有着自己的生理过程，它还有大脑。它的大脑里植入了芯片，里面贮存着关于大自然和人类的记忆，尤其是人类用语言、文化和情感创造出来的那一切。法国思想家米歇尔·德塞图谈到过“行走”的意义，认为人在空间中的移动模糊了空间界限，创造了传奇和故事，把外在空间转化成了属于自己的空间，等于开辟出了新空间。

而更大的空间在地球之外，宇宙飞船已经实现了太空行走的梦想，我们在地球上睡觉、吃饭、看书的时候，偶尔也会思忖其他星球上比如火星上是否有生命存在，是否也正在像我们一样生活着。我们想到天空之外还是天空，不知何时何地是尽头的天空令人向往也令人绝望。所以日本诗人谷川俊太郎面对空间的这种永恒的旷远和广漠，将“万有引力”定义为“相互吸引孤独的力”。

是的，面对宇宙，把地球说成是一个大披萨，倒也算不上夸张。我们可以做一个现代的徐霞客，将这个披萨吃下去；也可以足不出户，通过阅读和情感体验来以另一种方式拥有这个大披萨。

大 于 诗

三万里遥遥，我赶了来，第一眼见到它，我的反应是：跳下去。

伊利湖里的水要赶着去安大略湖。谁知道这些水要赶去做什么，也许是参加一个联欢盛会吧。它们一直很平稳，起初是看上去像海一样的湖面，还有沙滩、礁石、鸥鸟和点点白帆，除了水是淡的，其实看上去跟海也没什么两样；后来，一些水自然而然地顺着地势流下去，到了布法罗，变成了杂树丛生着的宽宽河道；水还在向前淌着，越是快到目的地，越发显得平静了，看上去会一直这么淌着，什么也不会发生——可是忽然，在毫无防备之时，命运在瞬间发生了巨大变化。前面出现了一个大大的陡崖，这些宽宽的河水来不及拐弯，也无法回头，于是整整一条河猛然间就断了，折了，栽了，跌了，在地心引力和落差的诱引逼迫下，摆出了自身最狂野的姿势，释放出了最磅礴的能量，整整一条丰沛大河挂在了跨越美国和加拿大的悬崖上。与此同时，这些水由于狂喜和震惊禁不住发出了轰鸣和吼声，大地微微颤动，水雾遮天蔽日。这就是尼亚加拉瀑布。

乘电梯到达瀑布下端，披上雨衣，乘上“雾中少女”号游艇，一点一点地接近瀑布。瀑布的水是白的，而落下来之后，却是清清碧碧的一潭了，看上去是绿的。腾起的水雾在阳光的照射下形成了一道清晰的彩虹，彩虹又从半空中倒映进水潭里，水里也有了一道模糊的彩虹。游艇越来越靠近瀑布，一段又一段被崖体自然分开来的瀑布。游艇上的人需扯着嗓子说话，否则声音就被水声盖过去了。越来越近了，仿佛到了可以用手摸到它们的程度，在这个角度，感到瀑布正在砸下来，拿着自己的命狠狠地砸向地球。它跟我过去看到的其他的所有瀑布都不一样。它不秀丽，绝没有在山崖前面遮出一帘幽梦的意思，就是用勇敢、热烈、冲动或者惊心动魄来形容它，都是远远不够的。总之，它太革命了，或者不如说太反革命了，它是一场大自然的起义和暴动，让我失语，并且闭嘴。

在它面前，一切都算不了什么了。那些失恋的人或失意的人都来看看尼亚加拉瀑布吧，它比任何心理学家都能够成功地说服一个人。

与身边朋友谈起了过去曾经见过的瀑布。我们一致认为，跟眼前这瀑布相比，庐山瀑布就凭那细细一绺，李白“疑是银河落九天”的说法简直会让人把牙笑掉。他哪里是在夸张，分明是在吹牛。

我问我自己：你能用诗把尼亚加拉瀑布写下来吗？同时身边朋友也提到了类似的问题。我一直信赖语言的强大功能和无限性，以为写作者的任务就是从空气的虚无之中把原本已存在的描摹万事万物的那些个确切的语言形状找到，让它们凸现出来。那一刻，当我那么近距离地接触尼亚加拉瀑布，它对我产生了一股旋涡般的强大吸力，使我迎着它，想学它的样子，不留余地、永不回头、置之死地而后生地活上一世。除此，我便无话可说了。一下子感到了想象力的软弱，于是我在心里回答了一遍那个问题，又扯着嗓子对朋友回答了一遍：我不能，我一定不能，李白也不能，其实世上谁也不能真正把它写出来！

因为我知道，它已经大于生命，大于诗。

泛舟芦苞芙小溪

把这条小溪的英文名字译写成汉语里“芦苞芙”三个字，我感到颇满意，因为每个字里都有一个“草字头”，恰好符合那条跟伊利湖相连着的僻静小溪的实情。水周围和水里面都生长着各种各样茂盛的植物。

朋友的家是两层的木楼，建在枫树林子里，紧紧贴着溪岸而建。站在从木楼伸到外面去的露台上，就已经离溪水很近了，近得仿佛自己的呼吸跟那水面的呼吸已融为一体。下了露台阶梯，走上四至五米远，就找到了独木舟，这时鞋子已经被草叶打湿了。沿着倾斜的溪岸，使劲把船推到水里去，解开缆绳，上了船，一人拿一把桨，工整对仗地划起来。

我们是迎着初升的太阳朝东划去的。小溪两旁是枫树林，枫树高大得都长到天上去了。这些大树把小溪搂在怀里，使溪水在夏天也保持着清凉。汛期的溪水冲刷着两岸，最靠近水面的枫树的大根都裸露了出来，有的树在失去根基之后朝着水面斜着身子，有的树根完全被冲刷得从泥土里拔了出去，树干完全倒下，横在水面上，树的高度恰等于溪水宽度，像截流的水坝一样把水面挡了个正好！溪水里，在靠近岸边并且较清浅的地方，长着些蓼草，开着小小的花，有时还会看到岸边野杜鹃也泡到了水里，蜜蜂正趴在那花瓣上。野葡萄也长进了水里，叶子不知为何已经提前红了，滑翔在水面的蜻蜓有时会在上面歇息一会儿。我们划呀划，用桨划开了溪水的衣襟，水中倒映着岸上的影子，一个世界变成了两个。遇上一根横挡了大半个水面的枫树干，我们刚想绕开，从那没有树干的地方绕走，已经来不及了，船已朝着横卧的树干急速冲了过去，于是大喊着“趴下——”，两个人一起低头弯腰，与船平行着低低地俯下身体。人和船都从那枫树干和水面的小缝隙之间钻了过去。刚逃过树干的船又冲进了一大丛长得茂密的蓼草丛，里面一群野鸭子又把船给挡住了，于是把桨朝反方向用力，绕出蓼草丛，水面才开阔起来。船行水上，有时划桨划累了，就停下来，让船任意漂着，周围那么静，那是一种远离了政府的寂静，可以听到啄木鸟敲击树干的声音。划着划着，我们惊喜地遇到几朵睡莲，在水中央开着鲜艳的黄花，把天空衬得更蓝了。过了睡莲，又划了一会儿，便看见一个开阔的大大的浅滩，水极浅，滩上有许多枯树，船不小心被一个硕大的树根给绊住了，搁浅在那里。我们只好下来，站到水里搬船，船很沉，搬不动，就想办法沿着地势借着树根间的水流来慢慢地拖……当好不容易把船从大树根里弄出来，准备继续前行时，我们发现自己迷路了，分不清哪是来的方向哪是将去的方向了。我们划来划去，到头来总是划到前次发现的那几朵睡莲旁边，围着睡莲打开了转转。朋友说，这是新的睡莲吧，不是前次的。我说，一定不是新的，是刚才遇见的那些睡莲，我记得它们排列的姿势呢。

原来这开阔浅滩处地形复杂，水中泥沙堆起几个体积不大的岛子，还有各种乔木灌木杂生其间，于是小溪出现了好几个分叉，所以我们不辨方向了。我们已经划了一个上午，离家太远了。接下来只好随便见路就走，因为只要划到靠近公路的地方，就能搞明白自己在哪里了。

我们在朝着靠近公路的河道划行的途中，又历了两次险。一次是一根无比粗大的枫树干完全把河面挡住了，挡得严严实实，由于树干太粗，吃水很深，在树干和水面之间完全没有可以让我们的船钻过去的任何缝隙，我们只好一左一右站到树干上去，把那船从这面一点点拖上树干，再一点一点往另一面水里推。先船头后船尾，我们硬是越过树干把船拖过去了……这里水很深，我们像玩杂技一样战战兢兢，唯恐不小心从那树干上跌到深水里去。还有一次在一个陡坡处，水流得湍急，我竟在船里没有坐稳，不小心把桨扔到了水里，眼看着桨要漂走了，急着去追，又仰面朝天地倒躺在了船体里。船在身子底下快速地沿下泄的水流急驶而去。我仰躺在里面，看到云在天上跑，整个美利坚都晃动了。

到达一个公路桥下，拿手机给家里打电话，说了这座桥所在位置，让家里人开车过来接。车很快来了，大家一起把木船从河道里抬上岸去，倒扣过来，再一点一点地拖上汽车顶部。我们把船结结实实地用绳子拴紧固定在车上，船的长度超过了汽车的长度。开车回家，太阳已经有些偏西了，我们计划着明天再下溪划船，下次该沿溪朝西划了。据说那边有一个漂亮的湖。

唯一的汉字

我来的时日不短了，可自从到达中西部这个维多利亚式的小城里，就不曾看见过一个中国人，更别提汉字了。这里不比大中城市，这里的居民98％以上是白种人，剩下的不到2％是墨西哥人和黑人，找不到任何与汉语相关的东西，连一丝一毫的痕迹都没有。我住的楼前有棵巨大的白松，落下了一层层松针。在我看来，那些松针在地面上摆出来的图案也全都是字母的模样，而不是偏旁部首。刮风的时候，橡树和山毛榉的叶子在头顶上发出哗啦啦的响声，在我听起来，连这响声都是含了元音、辅音和重读音节的，而不是字字独立，一字一音。有一天黄昏，一群南飞的大雁掠过小城空中。我数了数，一共有十二只，它们排列的队伍形状好像也不是汉字的“人”字，而是由十二个字母横向排列成一行而组成的某个英语单词。这个单词是什么呢，我仰着头，猜了好半天。

每天下午三点过后，等到太阳不是太猛烈了，我就出门去，去的最多的地方是这个小城里唯一的一家书店。我喜欢在那里一边喝咖啡一边翻看各式各样的儿童《圣经》故事书，还有诗集。有一天我突发奇想，想查一下这个书店里有无中国人写的书，就找老板娘去问，老板娘把电脑的网页打开来搜索了一会，告诉我，有一本，只有一本，作者是台湾人，是一本关于中医的书。一本台湾人写的或译成英文版的中医书，在这个书店里代表了中国，我不知道这显示了中国文化的弱势还是显示了这个书店的偏僻。

店里诗集很多，随便一本薄薄的诗歌小册子就比厚厚的大部头小说定价要昂贵。其他门类的书籍有可能下架摆放到门口筐子里去打折了，诗集却永不打折。这正好跟中国的情形相反。我一本一本地看过去，发现有一本铜峡谷出版社（Copper Canyon Press）出版的诗集很好，我把那本墨绿色封面的诗集放在手里翻看，忽然在书脊下方看到一个图案，那其实是一个印上去的汉字：诗。我被这个突然映入眼帘的汉字吓了一跳，想不到到此为止终于算是在西半球遇到一个熟得不能再熟的老邻居。那个汉字被包围在一个边角圆润的小方框里面。方框和汉字在墨绿色背景上是反白印刷的。那个字是手写体，像是用毛笔写出来的，大约握笔的手很不习惯，微微颤抖着，加之对所写的字尚生疏，笔画就有点儿断断续续，用墨不均，有的地方粗有的地方细，应该是费了一番功夫好不容易才算把这个汉字写完整了的。字看上去虽然幼稚，但绝对真诚。

我把书拿到光线更好的地方去，又睁大眼睛好好辨认了一番，没错，这的确是一个汉字，而且这个汉字的确是“诗”。

我不明白一本美国人著的英文诗集上何以要在封面上突兀地印上这么一个汉字，而且只有这么一个汉字，还放在了标志性的位置？如今在中国书籍的封面上，汉语书名后面印上英语译文，已属常见，是不是现在美国书籍也时兴在封面上印上汉语？那我们汉语也很厉害啊。

等我翻到这本书的最末页，才终于发现了答案。那里有一段对于铜峡谷出版社的介绍文字，大意是说：“诗”这个汉字由左右两部分构成，“词语”（word）和“神殿”（temple），诗歌就是语言的圣殿，所以我们以“诗”这个汉字来作为出版社的徽标。出版社创办于1972年，专门致力从诺贝尔获奖者到新作者的诗歌出版，出版社在广大读者、作家、书店经营者、图书馆工作者、教师、学生和投资者的大力支持下茁壮成长——每一个人都怀着这样的信念，诗歌会使语言生机勃勃，会使我们对世界的评判变得敏锐。

原来这个出版社在用“诗”这个汉字的自身结构中两个部分结合在一起时可以生发出来的联想型含义，来表达对于诗歌这种体裁的敬意。

就这样，在这个英语的小城里，我发现有这么一个汉字存在，而且也只有这么一个汉字存在。它是汉语里最美的一个字，就连把字拆开来，将每一部分分别译成英语，都还是最美的。这个小城里唯一的汉字，它在一个无人识它的地方，在一个小小的角落里，专心致志地等着我万里迢迢地赶来，与它相遇。我相信它像我一样惊喜，它大约第一次遇见一个来自它的祖国的人，同时还是一个打算一辈子以它这个字为生的人。

这个古老的汉字在这个英文书店里、在这个小城里，甚至在整个中西部大平原，都显得如此奇特和醒目。那是美国桂冠诗人泰德·库瑟的《快乐与阴影》，我把这本小书买了下来，抱着它走出书店，在明晃晃的异国天空下，感到有些恍惚。

墨西哥小屋

从住处出来，往北走，来到邻街，再向右拐一下，就看到了那座粉红色的墨西哥小屋。它左右前后都不与其他建筑物相毗连或相倚靠，就那样孤立在那里，看上去闭关自守、缄默、突兀、倔强。

小屋的建筑风格算得上是极简主义的，只是一个占地面积并不大的正方体而已，没有任何装饰，看上去像一座结实的堡垒。它容易让人联想起鸟巢、兔穴、鼹鼠洞，或者原始人的泥屋，它非常接近“房屋”这种事物最初始最久远的本质：掩体和保暖。它只是一个容器——从理论上讲所有房屋都是容器——由于它直奔主题绝不多余的表现方式而使得这房屋的容器意义又更加地突出了。它简单得令人感动，有着婴孩期的本能、率真与兴奋，足以让这世上那些有飞檐廓柱的宫殿为自己的奢华和繁复感到难为情。

如果只是对它随意瞥上一眼，难以辨别前门开在哪个方向，或疑心它压根没有门。墙体厚实粗糙，分布着细密的颗粒，有着很强的质感，墙面通体都被染成了粉红色，是那种鲜艳娇嫩的粉红，明亮、大胆、奔放，有着强烈的视觉效果。窗子很小，凹进厚厚的墙体里面。宝蓝色的木质条纹窗，从外面向两边敞着，里面用同样的宝蓝色百叶帘子遮着，就像那种眼窝深陷的眼睛，还长着双眼皮，睫毛挡出一小片暗影。这样的小窗配上堡垒式结构，使这幢小屋充满了私密性，仿佛它在紧紧地守护着内心的秘密。有一刹那我联想起了墨西哥金字塔，当然它们相差很远，但它们的气息相同，都是有喜悦、有孤独、有神秘、有幻想，还有幽远的死亡与永恒。

在这个多树的小城，只有这座小屋周围是光秃秃的，没有大树，没有花草。至于它周围的地面，有的地方是干燥的红砖，有的地方是相间的水泥板和沙砾。在小屋外面的一个墙角的地上安放着一盆标志性的仙人掌。这是一种沉默的植物，一种伪装清教的植物，如同戴在这屋子胸前的一枚徽章。于是这座小屋总体给人的感觉似乎是垒建在寂寥的沙漠之中的，也许只有阳光的炙烤才能更加突显出它满心的热烈情感，也许只有在一大片离群索居的孤独之地，才能使它远离整个世界，甚至远离着自己，以掩饰它的心绪不安。

走过多次之后，我才找到躲在另一面的乳白色的房门。很奇怪这个房子看上去虽立在一个敞亮的街角，三面临着不同的小街，而它的房门却不朝向任何一面的街道，而是朝着近处的一面墙壁而开。那面墙壁很高，是一座红砖楼的山墙，已近倾颓。这座墨西哥小屋在那里像是在面壁思过，也许它觉得只有把脸正对着这么一面高墙，才能做到心如止水吧。

这是一家墨西哥餐馆。里面的装饰布置除了必需的，没有任何多余物件。桌子有四五张，闲散地摆在那里。餐具没有统一规格，都不配套，样式、花色和大小基本上不重样。那些盘碗上都有不规则的烤瓷刮痕，儿童涂鸦式地釉绘着夸张鲜艳的花草虫鸟图案，看上去质朴，甚至原始，让人想起玛雅文化里抽象的象形文字符号，还有印第安人那关于雨水和丰收的图腾。点了一篮子半圆形玉米粉片当餐前零食，又要了两张软软的手卷饼，卷上豆类和牛肉，蘸着那种把绿辣椒捣碎之后制成的调味汁来吃。那汁里除了主料绿辣椒，还混合了绿番茄、香菜和葱头的碎末，所以吃起来并不多么辣，有着浓郁的清香。并不觉得墨西哥食物有多么好吃，只是喜欢这餐厅里随时随地流露出来的那个民族的风情，在天真无邪的奔放、义无反顾的热烈里面又糅合了细节和精致。也许是餐馆太小的缘故，食物很便宜，只花两美元就吃得很饱了。这美好的价格与这小屋那单纯的外表很相符，最诚实的账单一定是用十个手指头就可以计算出来的。

柜台很高，一对夫妻带着一个小男孩在里面营业。在我看来，他们的长相介于东西方之间。五官都很耐看，皮肤偏栗色，说话嗓门有点儿沙哑粗大，把英语说得怪怪的，弄出许多卷舌音来。我无端地觉着那男主人的名字该叫胡安，那女主人的名字该叫莫尼卡，不管他们本来叫什么名字，反正我觉得他们就是应该一个叫胡安一个叫莫尼卡。他们静止不动的时候，人看上去有些呆板滞重，但细察之后，又会发觉潜伏了一种不安定之感，觉得他们随时会突破目前的安静状态，跳着劲舞，突然从柜台后面旋转出来，让长长的彩色裙摆把周围的空气搅拌出旋涡。小时候我看过的墨西哥电影在这里起了作用，我模模糊糊地记得有一部电影叫《叶塞尼亚》，还有一部好像叫《冷酷的心》，女主角总是大胆多情，男主角一般都潇洒反叛。没错，墨西哥人脸上的表情似乎都隐约着那么一种“火辣”，浅浅地荡漾在健康的皮肤下面。那是一种既粗暴又有礼的特质，容易引发革命和爱情。

这座墨西哥小屋就像一朵巨大的色彩强烈的野花，无遮无拦地盛开在中西部平原的烈日下。它与周围如此格格不入，我想象它也许是被安装了轮子，从那个叫墨西哥的邻国一路向北，越过国境线，吱扭吱扭地推到这里来的。它使我想起那个喜欢用艳丽色彩来表达人生痛楚和死亡想象并且总是一身民族服饰的墨西哥女画家弗里达。我在图片上看过她的那座故居“蓝屋”，跟眼前这座小屋的风格颇有相似之处，只是在这里变成了粉红屋。当然我还想起了我喜欢的墨西哥诗人帕斯，想起他那些既炽热又冷静的句子：“我从光的拱门／进入晴朗秋天的长廊。”“——什么也没发生，只是太阳／眨一下眼睛，几乎没动，什么也没发生，／无可挽回，时间不会逆行，／死者已在死亡中固定。”

有好几次我在阳光下走过这座墨西哥小屋，都觉得它就要开口说话了，从凹着的小窗那里发出许多卷舌音来。当然它说出来的很可能会是西班牙语，我听不懂的。

基韦斯特

我是一个文学职业病患者，甚至文学强迫症患者，假若知晓了有一位文学大师的故居或墓地就坐落在我旅途中的某个地方，那是一定不能免俗地要去拜谒一下的。此人的作品可能未读或未读全，而他留有过日常生活气息的空间及埋藏遗骸的具体位置，却坚决不可以错过。

我原本是坐着灰狗大巴由奥兰多去迈阿密的。旁边座上的小伙子跟我聊天，告诉我他要去肯尼迪航天中心，还拿出彩色旅游传单给我看，建议我也去。我回答我对理工科不感兴趣，只对文学家故居感兴趣，知道基韦斯特岛上有海明威故居，可惜小岛在那么远的海里面，不坐飞机恐怕是过不去的。小伙子立即兴奋地向我解释，有许多座跨海大桥，把四十多个呈链状分布的珊瑚岛连接在一起，建成了海上高速公路，其终点站正是最南端的那个小岛基韦斯特。那里有美国本土最南端的标志物，也是著名的1号公路的起点。他提供的这个信息非常重要，我当即做出一个大胆决定，改变此次出行的目的地，在迈阿密下车后，不出站了，再买一张灰狗大巴车票，直接去基韦斯特。

就这么决定了！心血来潮永远是最好的理由！到迈阿密时已近黄昏，一刻钟后又乘上了另一辆灰狗大巴，继续向南。去他的迈阿密海滩，去他的迈阿密明星豪宅，这些怎么比得上海明威？就这样，灰狗大巴越开越远，一直开到了海上，岛屿、跨海大桥，岛屿、跨海大桥，岛屿、跨海大桥……就这样，小岛以跨海大桥为手臂相挽，把大巴送出去上百英里，在大西洋和墨西哥湾之间，在海天之间，车子越开越轻，下决心开到底，一路向南，向西，向南。这是一辆汽车能够写在海上的最长的句子了。我看见一轮满月升了起来，在水天一线之间显得特别孤单。只有它，似乎与中国有关，我盯着它细看，想看看它是否真的比中国的更圆。

夜里十一点多，灰狗卸下最后的客人。站在基韦斯特车站外面的寂寂街道上，看到旁边就是机场。机场很小，停机坪上歇息的都是小型飞机。听着墨西哥湾和佛罗里达海峡之间的海涛声，想到这里离哈瓦那已经很近了，还想起此处接近百慕大三角洲的边缘，想到已到达美国的“天涯海角”，我的心怦怦直跳起来，用汉语英语在心里各说了一遍：“欧内斯特·海明威，我来了——”

第二天早上，出了宾馆，才看清这小岛的真面目。它小巧而充实，被热带植物簇拥着，到处都是粗大得合抱不过来的榕树，叶子宽大舒展的棕榈，而椰子树把硕大的果实夹在了腋下，木芙蓉则把红花插满了头，番石榴绿绿的，敲打着那一幢幢两层小楼的木质屋顶。不远处，海豚追着汽艇，把会喷水的脊背露出了海面……

瓦特海德街907号，这就是我要找的海明威故居。20世纪30年代，他在这里居住七年，写了《永别了，武器》《丧钟为谁而鸣》《乞力马扎罗的雪》等大批主要作品。在此期间他经常外出打鱼，于海上结识了后来《老人与海》中的原型，一位古巴渔民。故居是一个被包裹在热带植物里的大庭园，到处流窜着六趾猫，它们全是海明威当年养的那五十多只猫咪的子孙后代。除去一个大游泳池和后花园，主建筑是一幢有着十几个房间的西班牙式两层楼房，色调是白色和墨绿。当一扇扇拱形顶端的镂空木窗打开来时，露出了内里的淡黄色。站在绕房间一周的回廊式阳台上，看到不远处高大的非洲郁金香在南风中摇曳，那曾照着海明威回家之路的灯塔依然屹立在小街对面。卧室里，当年海明威睡觉的床上，一只懒洋洋的大白猫躺在那里。我进去时，它瞥了我一眼，翻了个身继续睡去。主建筑旁边有一幢小矮楼，上到二楼，可以瞧见里面的情形，地面中央摆着一只大圆桌，跟我们平时吃饭时的圆桌并无二致，上面摆着那架著名的爱打错字的皇家打字机，周围是书架和海明威收集的各类纪念品，看来这里就是他的写作间了。在这个作家生命的最后章节，打错的单词是无法更改的宿命，任何灯塔都无法引航，都不能再照亮他那回家的路了。于是，我们听到了一声枪响。

接下来去了当年海明威最爱的邋遢乔酒吧，里面有摇滚乐和啤酒。进去上了一趟卫生间，表示我已来过。走在美丽的小街上，看到古巴雪茄、工艺小店、印度风情的花裙子。我走路一贯跌跌撞撞慌慌张张，偶尔还像救火车，竟不慎将一只价格十三美元的工艺玻璃海豚给碰到地上，摔碎了。看着店员走过来，我马上说，对不起，我来赔。没想到，他表情关切，过来是想询问我有没有受伤，还说不必赔偿，并表示应该由他来向我道歉，我能碰翻它，这表示他没有把它放在最恰当的位置。我在一个家庭酒店的走廊里借用了一下电话，临走时想付钱，被女主人拒绝，我坚持要付，推让再三之后，女主人差点儿发了火，只好作罢。在一个游客中心拿了一些导游地图和小册子，顺便指着吧台上一簇橘红色的鲜花，向旁边一个很老的老头儿询问这花的名字，老头儿说了名字，我问如何拼写，他拼了字母。我拿出随身带着的英汉字典来查，却没能查到。老头儿摘出其中一朵来，让我背转身去，给我认真地别在了后脑勺的发卡上。我谢过他，准备离去，忽然发现他长得有点儿像海明威老爹！这朵艳丽的花在我头上戴了整整一天，还陪我出了一趟海，朝着哈瓦那方向。

现在我的书桌上方贴着一帧小三十二开地图。暗淡的黄绿色泽，背景有罗盘海盗船的模糊图印，使得它看上去有古旧之感，仿佛19世纪遗留下来的。这正是那次我在基韦斯特买的一张佛罗里达群岛地图。我指着地图向一位好友讲述了这次出行，并告诉在这之后又趁在费城的候机时间去了趟新泽西州的肯登镇，那里有惠特曼故居和坟墓。朋友善意地笑了："你有没有觉得这样到处拜访文学大师的故居或坟墓，有点儿病态啊？"

我也笑了，并添油加醋地说，我记得那天基韦斯特的太阳真好，圆圆亮亮地悬挂在头顶上，如同一枚诺贝尔文学奖奖章。

英语发芽，汉字开花

行到美国，忽然意识到自己的身体成了一只盛满汉字的罐子，那些方块字由于忽然失去了使用场地，找不到及时的出口，只能在我这只高一米五八的罐子里面密封着、烦闷着、膨胀着、挤压着、惆怅着、等待着，仿佛里面关进了一群亮闪闪的蟋蟀，或者里面在日日夜夜地培育着催生着植物胚芽，跟生豆芽一般……我的天灵盖，也就是罐子上方那只圆圆的盖子，快要被压抑着的巨大的母语的力量掀开来了。

有时候我又感到自己的身体是一只地面上的雷达，里面的导航系统装置完好，却怎么也搜索不到要找寻的飞行目标了，灵感不再，甚至连表情看上去都有些发呆了。我想，那是由于汉语的领空换成了英语的领空，我这只中国制造的雷达失灵了。

被英语包围，四面楚歌。

可是这楚歌又让我无比兴奋，其实从感官到心理，我对英语都有着类似红杏出墙的热爱。它能带给我城池沦陷般的快乐，它的干练准确和绅士风度让我着迷，甚至倾倒。

我疑心英语的每一点进步似乎都在以汉语的退步为代价。身体里的英语也在发芽了，虽然是孱弱的，却正在一点一点地挤走汉语的地盘。于是我很快就开始想念汉语了，三十多年来，第一次，我在一个没有它的地方想念它。我想模仿都德《最后一课》里那个教师的口气武断地说，汉语是世界上最美丽的语言。那时我才强烈地感觉到我原来是离不开它的，我对它的爱是前世的、今生的和来世的，我生是它的人死是它的鬼。我常常一个人在路上旅行，随身的背包里总是塞着一本唐诗宋词元曲的选本。有一次在从迈阿密飞往费城的飞机上，环顾四周，没有发现一个东方面孔，我忽然想到，此刻在这个机舱里，除了我，没有一个人知道那本书上写的是什么，这差不多相当于在这架波音飞机上藏了一份用密电码写成的高度机密的军事文件。是的，在英语那连绵不断蜿蜒起伏的大好河山里，想着古汉语的四合院和画栋飞檐，的确有着很奇特的感觉。在一面镶着字母似的卷涡纹边框的西式镜子里，在元音辅音映出的光泽里，照见的却总是方块字里的中国，繁体竖版的中国，声母和韵母拼出来的中国，用点横竖撇捺弯钩一笔一画地写出来的中国，它比过去任何时候都显得清晰。

去看海明威和惠特曼，没有朝拜的心情，倒是有走亲戚串门的感觉，从前看的是中文版的，这次我却想把象形文字的他们统统再翻译回去，看看拼音文字的他们，我想知道他们本来的模样。在路上我总是能想到“八里洼”这个地名，地球是圆的，我这样不停地走下去，途经海明威的家、惠特曼的家，途经梭罗的木屋，走过狄金森的窗下，最后一定还会走回到我的八里洼。

诗都是后来写的了。我遥遥地赶回地球的另一边，走在蒙着烟尘的天空下，沿着永远飘散着白菜味的街道拐进小巷，走进光线昏暗斑驳的楼道，回到那个属于我的小小角落，重新坐在那扇有着白杨树的南窗下……我感到自己正面对着整个世界。

那满满一罐子汉字，像蟋蟀们蹦跳着出来了。每一个汉字都是一个压抑不住的茁壮的胚芽，都舒展开了枝叶，抽出茎干，开出花来。那雷达在汉语的领空重新有了信号，找到了目标。

诗后面标着日期，年和月。我没有像过去那样标上写作的日期，这次我标的是我最初想写这诗时的那个日期。我认为对于这些诗，产生想写它们的念头要比真正写出它们来更重要。

诗写的是美国，但更是中国。很多年以来，其实在我心里，常常莫名其妙地吟咏着一句诗：“我的心啊在高原，这里没有我的心。”我还会同样不知为什么，默默地哼起一句老歌，我只会哼那么一句“美丽的哈瓦纳，那里有我的家”。而这里的“哈瓦纳”，并不在古巴。

第五辑：短诗一束

你何时到南山来
我想请你指挥一个漫山遍野的乐队
在这里写诗，写坏了也值
——《野菊来函》

《野菊来函》　　路画萌／绘

山 上

我跟随着你。这个黄昏我多么欢喜
整个这座五月的南山
就是我想对你说出的话
为了表达自己，我想变成野菊
开成一朵又一朵

我跟随着你。我不看你
也知道你的辽阔
风吹过山下的红屋顶
仰望天空，横贯南北的白色雾线
那是一架飞机的苦闷

我跟随着你。心窸窸窣窣
是野兔在灌木丛里躲闪
松树耸着肩膀
去年的松果掉到了地上

我跟随着你。紫槐寂静
蜜蜂停在它的柱形花上
细小的苦楝叶子很像我的发卡
时光很快就会过去
成为草丛里一块墓碑，字迹模糊

我跟随着你
你牵引我误入幽深的山谷
天色渐晚，袭来的花香多么昏暗
大青石发出古老的叹息
在这里我看见了
我的故国我的前生

木 梳

我带上一把木梳去看你
在年少轻狂的南风里
去那个有你的省，那座东经118度北纬32度的城。
我没有百宝箱，只有这把桃花心木梳子
梳理闲愁和微微的偏头疼。
在那里，我要你给我起个小名
依照那些遍种的植物来称呼我：
梅花、桂子、茉莉、枫杨或者菱角都行
她们是我的姐妹，前世的乡愁。
我们临水而居
身边的那条江叫扬子，那条河叫运河
还有一个叫瓜洲的渡口

我们在雕花木窗下
吃莼菜和鲈鱼，喝碧螺春与糯米酒
写出使洛阳纸贵的诗
在棋盘上谈论人生
用一把轻摇的丝绸扇子送走恩怨情仇。
我常常想就这样回到古代，进入水墨山水
过一种名叫沁园春或如梦令的幸福生活
我是你云鬟轻绾的娘子，你是我那断了仕途的官人。

火 车 站

它的人群苍茫，它的站台颤动
它的发烫的铁轨上蜿蜒着全部命运
它的步梯和天桥运载一个匆忙的时代
它的大钟发出告别的回声
它的尖顶之上的天空多么高多么远，对应遥遥里程
它的整个建筑因太多离愁别恨而下沉
它的昏暗的地下道口钻出了我这个蓬头垢面的人
身后行李箱的轮子在方块砖上滚过
发出青春最后的轰轰隆隆的响声

国际航班

跨出汉语的城墙
穿过日语的断壁残垣，翻过韩文的篱笆
最后，又跳进了英语的圆窗
我被译来译去，成了一个病句

激情每小时上千公里
窗外是太阳的打谷场和白云的村庄
我相信是一场三万英尺的大风把我刮走
将荒唐的前半生扔在了地球上

国际日期变更线像一条跳绳
我从 4 月 12 日跳回 11 日
今天变昨天，错是否能改，爱是否可以重来

抱着白菜回家

我抱着一棵大白菜
穿着大棉袄，裹着长围巾
疾走在结冰的路面上
在暮色中往家赶
这棵大白菜健康、茁壮、雍容
有北方之美、唐代之美
挨着它，就像挨着了大地的臀部
我抱着一棵大白菜回家
此时厨房里炉火正旺
一块温热的北豆腐
在案板上等着它
我两根胳膊交叉，搂着这棵白菜
感到与它前世有缘

都长在亚洲
都素面朝天
想让它随我的姓氏
想跟她结拜成姊妹
想让天气预报里的白雪提前降临
轻轻覆盖它的前额和头顶
我抱着一棵大白菜
匆匆走过一个又一个高档饭店门口
经过高级轿车，经过穿裘皮大衣和高统靴的女郎
我和我的白菜似在上演一出歌剧
天气越来越冷，心却冒着热气
我抱着一棵大白菜
顶风前行，传递着体温和想法
很像英勇的女游击队员
为破碎的山河
护送着鸡毛信

山 坳

秋天正在破产，颜色更加鲜艳
大地的身体里打捞出了一座宫廷
这个在地图上尚未标出的地点，我喜欢。

周围山岗耸立，现在已走到了最凹陷的位置
天是静止的，云是清虚的
溪头那座破旧的亭子应当写进县志
身边的大青石可用来醉眠，这些我都喜欢。

那阳光的恍惚，南飞的绿头鸭的哀愁，石板路的蹉跎和蜿蜒
山那边传来一辆拖拉机突突突突的埋怨
我也喜欢。

如果你唱段京戏，用长腔把我绕进去，让我回到出生以前
让我的身体一咏三叹
我会更加地喜欢。

陪母亲重游西湖

这一次，是我和母亲乘电瓶车
快速翻页，浏览西湖
一目十行，过目不忘

上一次，是十五年前，微雨的深秋
以脚步丈量西湖的周长和半径
那时父亲还在，指点江山

那次我犯偏头疼
躺倒在白堤的草坪，望向天空
父母围在身旁，我的疼痛里有故乡

那次游西湖之后，父亲又活了三年
此后母亲独居，我成半个孤儿

电瓶车正开过北山路
我忽然指向孤山的斜对面：
看哪，那是我们三人住过的新新饭店
当时预定它，只因胡适先生住过

那年在湖畔买的丝绸，还绕在我的颈上
那年的杭白菊，已无法在世间找寻

太 行 山

分不清天河梁、阳曲山、走马槽
只知一座连一座，统统叫太行

在高处，它制造悬崖和突兀
向天空和星辰宣誓
在半坡，它侍弄大片大片野花
说出最想说出来的话
在低处，它纵容溪水
安抚村落和牛羊

它的裂谷幻想愈合的可能
它的绝壁找不到退路

它的山脊上的石路伸向迷失和遗忘
它的腹腔里有煤块在缄默

既不属公元前也不属公元后
除了上苍，它什么也不信

落日新鲜，被它圆圆地扛在肩头
接着又砍去一半

初秋的风吹过高山草甸
拖着长长的裙摆
不必分清哪边是山西，哪边是河北与河南

如果对人世迷惘，请来太行
因为别处的屋檐都太矮，也不够敞亮

三 姐 妹

三姐妹，今夜，我与你们相隔仅一百米
三姐妹，我与你们抵足而眠，枕着书

夜晚任命大风为王，把小镇吹得摇晃
每一座房子都是呼啸山庄
这样的风，席卷了你们的一生

某家怀旧橱窗，展挂着百年前的裙装
当大风翻过北约克郡的山峦
进入陡街窄巷，风用嗓音说“希斯克利夫”

而罗切斯特先生正在庄园徘徊

炉火映红了简・爱的脸

我的异域三姐妹
我与你们早就相识，已逝的青春时代远在中国
古旧的小旅馆窗前，我的灯亮着
你们可否越过东南角的篱墙来相会

秋已至，夜已深，我依然无法入睡
一小杯威士忌告诉我何为幸福
荒原上的石楠，在阴灰的天空下
挣扎着最后的绚烂

约维尔小站

此时，约维尔小站，只有我一个人
落日正给英格兰佩戴上徽章

地球上最后一个人
等候世上最后一趟火车，开过来

时间沉睡在列车时刻表里
细长条形的显示屏翻腾着一些地名

候车室书架上安插着几本诗集
在无人翻阅时也发出回声，昭示未知和无限

四周寂静，从路基缝隙传来蟋蟀的琴声
是欢愉、纳闷和告别的合成

一列火车听从秋风的指令，将要进站
并打算凭借冲动，驶进远方的一场冷雨

小站是我头脑里的一个想法
生命原本可以如此空旷——我独自前行

种玫瑰的人

种玫瑰的人坐在江边长堤上
等待渡轮

行囊破旧，衣衫粗劣
双腿外侧隔着粗布裤子扎出血痕
手上结着怀旧的老茧
可是，他们种的是玫瑰

背井离乡，把玫瑰种在异乡，种在一条江水中央
一个小岛上
种在祖国的后院

笑声朗朗，面朝黄土背朝天地种玫瑰
日出而作日落而息地种玫瑰
在田埂上写十四行

与世隔绝，只跟玫瑰待在一起
挽起袖子，向泥土里的带刺灌木讨生活
而生活的意义，广大的玫瑰田，一个露天剧院

耕耘玫瑰田与耕耘玉米田
究竟有什么不同

玫瑰满园，是花朵的纯粹和形而上
种玫瑰的人，男人是亚当，女人是夏娃
既不大于玫瑰也不小于玫瑰
他们与玫瑰相等

成千上万的玫瑰从小岛向外扩散
乘轮船、火车和飞机
赶赴象征或隐喻的约会
所有终将逝去的美好都值得用玫瑰去纪念

玫瑰靠什么也不做来征服世界
而他们是种玫瑰的人

跟随种玫瑰的人一起乘上渡轮
一条大江在玫瑰内心低语
为什么你总是不快乐？因为你没有栽种玫瑰

临海的露台

从人群走失，甚至不与自己相伴
我离陆地很远，离大海很近

心悬于海面，海面伸展在臂弯之中
太阳从左臂升起，从右臂落下
面朝大海，本身就是一场伟大的对白

整整一天，在露台上看海
空着手，什么也没有带
即使怀着轮船的征服之心
也无法与大海等观

改签车票，改签人生终点站
推迟了班次，推迟了整个大海

走过的路既远又偏
我深爱着我的孤单
背包里塞满无用和不确定
放着一碗泡面和一本《奥德赛》

野菊来函

诗人你好，我已在村路和山崖开放
一朵朵，一簇簇
毫无疑问，我姓陶

我的清香已渗进秋天的动脉和静脉
石头和石头受香气牵连
结为了兄弟

我已有了一件风的罩衫
还缺一件薄雪的外套
在秋天和冬天的门槛上，我才开得最好
倘若你肯为我写首诗，我就什么都不缺了

你何时到南山来
我想请你指挥一个漫山遍野的乐队
在这里写诗，写坏了也值

是的，我已得到天空的允许
成为一丛野菊，不进入任何园圃

佳期如许，恭候诗人到来
南山野菊敬上

考古现场

再深挖一点儿，就触碰到大秦帝国了
一厘米等于两千年

云纹瓦当和回纹砖
在温存的黑暗里
梦见了探针、游标卡尺和无人机

一轮磅礴的落日
将史书从中间打开

夯土旁边的野花
开放在秦始皇的黄昏

一位戴眼镜的姑娘
正俯身前往时间的夹层和背面
整理那些辉煌基业的残片

风吹过天地的长廊
西汉水在不远处，面无表情，缓缓流淌

草　原

只身来到草原，什么也没有带
从空旷到空旷
地平线爱我

弱小的人，在大地上总是失败
抬起头仰起脸来
白云爱我

所有没有去过的地方，都是故乡
草木也需要量体裁衣
风爱我

弄丢了爱情
只剩下独自一人，越来越孤零
大片野花初开，一朵一朵，全都爱我

观　鸟

先是一队喜鹊，然后是一队灰椋鸟
飞过窗前光秃的楮树林

接下来，一群麻雀起起落落
于对面的屋顶
或者觅食或者开会

后来，两只乌鸫停在一根细树枝上
在半空中，用体重和凝滞之色
测试枝条的浮力和弹性

终于等到戴胜与伯劳

从山海经、诗经、乐府里飞来
一个让喜乐盛开在头顶
一个将别离与杀伐深藏于心

最后是一只寒鸦，飞抵树梢
背衬蓝天，朝向冷风
用孤独啼鸣扩充着冬日的空旷
使我想起了卡夫卡